杨 秦 梅 彬 黄诗琳 ◎主编

中国海归

侨界篇

SPM
南方出版传媒
广东人民出版社
·广州·

图书在版编目（CIP）数据

中国海归. 侨界篇 / 杨秦，梅彬，黄诗琳主编. —广州：广东人民出版社，2016.12

ISBN 978-7-218-11481-1

Ⅰ.①中… Ⅱ.①杨… ②梅… ③黄… Ⅲ.①留学生—生平事迹—中国—现代 Ⅳ.①K820.7

中国版本图书馆CIP数据核字（2016）第299032号

Zhongguo Haigui Qiaojiepian

中国海归·侨界篇 杨秦 梅彬 黄诗琳 主编

出 版 人：肖风华

责任编辑：曾白云 郑 婷

责任技编：周 杰 易志华 吴彦斌

装帧设计：广东传盛文化传媒股份有限公司

出版发行：广东人民出版社

地　　址：广州市大沙头四马路10号（邮政编码：510102）

电　　话：（020）83798714（总编室）

传　　真：（020）83780199

网　　址：http://www.gdpph.com

印　　刷：广州市永祥印务有限公司

开　　本：787毫米×1092毫米 1/16

印　　张：11 **插　页**：2 **字　数**：135千

版　　次：2016年12月第1版 2016年12月第1次印刷

定　　价：40.00元

如发现印装质量问题，影响阅读，请与出版社（020-83795749）联系调换。

售书热线：（020）83795240

特别鸣谢： 广州市外国专家局

广州留学人员服务管理中心

广东省侨界海外留学归国人员协会

广东传盛文化传媒股份有限公司

序

中国侨界海归是我国经济社会近年来崛起的一支重要力量。《中国海归·侨界篇》聚焦“侨界海归”群体，以改革开放近四十年为背景，以数十名侨界海归精英的切身经历为题材，反映当下中国侨界海归的真实面貌，对侨界海归自强不息、奋勇拼搏的精神进行讴歌；同时从个人角度出发，深入探讨改革开放近四十年来海归政策所取得的成就，为当下相关政策的制定提供借鉴参考，以点带面推动中国海归的进一步发展。

《中国海归·侨界篇》一书必将彰显侨界正能量，吸引和团结更多的侨界海归，为广大群众实践社会主义核心价值观提供榜样，为知识分子找到正确的奋斗目标提供指南，为仍在海外学习的留学生规划未来人生之路提供参考，推动“侨界海归”群体为我国社会经济发展贡献更大力量。

中国海归并非改革开放以来出现的新群体，早在19世纪，自西方列强用大炮轰开中国国门开始，便有一批又一批的知识分子，前仆后继地走出国门，学习西方的先进科学文化，为祖国的复兴谋求出路。“主以中学，辅以西学”“中学为体，西学为用”“建设以中国文化为本位的新文化”“中国文化的充分现代化”“全盘西化”等主张纷纷出笼，虽然这些理论大多未能成为中华崛起的良方，但因此而派出的一批又一批的留学生，在经历西方文明洗礼之后，怀抱着报效祖国的拳拳之心回到国内，将学到的先进科技、文化知识与国情结合起来，在历史长河中创造了可歌可泣的辉煌功绩，他们用自己的行动为正确处理现代性和传承性的关系做了最好的阐释，也为向海外派出留学生的政策做了正面的回应。

从清末的“留美幼童”“留学东洋热”“庚款留美”，到民国时期的“留法勤工俭学会”“留学苏俄”，一批又一批的中国海归，犹如黄河中的滔滔巨浪，推动着国内革命的发展浪潮，向着中华民族伟大复兴的中国梦奔腾而去；新中国成立前后，以钱学森、钱伟长、钱三强、邓稼先为代表的海归，冲破层层困难险阻，回到祖国的怀抱，所求者无他，只望能为祖国的兴盛贡献自己的力量；新中国成立后，国家向东欧诸国派遣了大量的留学生，这批留学人员在学成归国之后，纷纷在祖国建设和民族振兴最需要他们的地方，奉献自己的青春和智慧。

十一届三中全会后，随着改革开放的春风吹遍中国大地，选择海外留学的人越来越多，海归队伍不断壮大，中国海归在新的历史背景下书写着一幕幕激动人心的篇章。以信息技术为支撑的经济全球化，给中国特色社会主义事业带来了前所未有的机遇和挑战。经济全球化不仅给我们带来了资本和技术，也带来了新的管理理念、新的交易规则，乃至在价值观上冲击着我们的传统观念。这种冲击并不都是坏事，我们要权衡利弊，择其善者从之。

历史证明，闭关锁国无法换来一个国家的发展和长治久安，坚持对外开放才是正确方向。立足本国国情，博采众长，吸收世界各国经济文化中的优秀成分，形成推动我国经济社会进步的宏大力量，实现中华民族伟大复兴的中国梦，是全体国人共同奋斗的目标，更是担任着对外文化交流历史使命的海归们义不容辞的职责。而侨界海归作为中国海归的重要组成部分，是我国现代化建设进程中不可或缺的重要力量，更需充分发挥自身优势，积极投身创业创新的时代潮流，为中国梦的实现做出应有的贡献。

侨界海归进入了一个前所未有的大时代，已成为国家现代化建设中一支重要的新生力量，能否继续发挥好他们的作用，对增强我国的文化软实力乃至综合国力，赢得未来竞争，实现民族伟大复兴，具有深刻意义。

在中国经济取得了迅猛发展的同时，高速发展的传统制造业、国内投资等也遭遇到了前所未有的瓶颈，经济增长的动力迅速衰竭，经济发展的重点正逐步从制造业经济转向知识经济。政府适时启动了“一带一路”“大众创业、万众创新”等经济增长引擎，以“互联网+”“工业4.0”及高端装备制造等为核心的科技创新浪潮，正以前所未有的磅礴气势涌来，我们正处在中国大时代的开端。

以习总书记为代表的新一届政府特别重视创新与创业，2015年5月底，习总书记在全国科技创新大会、两院院士大会、中国科协第九次全国代表大会上指出，实现“两个一百年”奋斗目标，实现中华民族伟大复兴的中国梦，必须坚持走中国特色自主创新道路，加快各领域科技创新，掌握全球科技竞争先机。而在此“双创”大时代，海外华人华侨及出国留学人员以其所特有的优势及特点，成为推动“大众创业、万众创新”不可或缺的一支生力军。

据相关方面统计，目前海外华侨华人数量已达6000多万人，分布在近200个国家和地区，海外华侨华人群体不仅在数量和分布范围上占据优势，还呈现出高学历、高技术、精英化等特点，成为中国庞大的海外人才资源库。与此同时，海外华侨华人与出国留学人员的联系也呈日益紧密趋势，近年来成立的大量以华侨华人和留学人员为主的专业社团，提供了各国之间政治、商业、科技、文化等交流合作的平台，大大加强了海外华侨华人与留学人员之间的交流，凝聚了大批掌握一定技术、财富或取得一定社会地位的华裔专业人士。

当代侨界海归精英大多在东方文化下成长，在西方文化下接受高等教育，他们身上具备了众多难能可贵的特质：多重文化熏陶、全球化视野、国际性人脉和资源、现代化信息交流手段、与世界全面接轨等，这些特质在《中国海归·侨界篇》一书中，从侨界海归精英们的自身经历与体会中可得到充分的体现。这些特质，无论是对他们自身的发展，还是对我国经济社会发展的推动，都具有难以替代的作用。引导好、运用好这支队伍，各级政府承担着主体责任，需要进一步提高认识、转变职能、简政放权、提高效率，切实履行政府的管理服务职能，发挥好市场配置资源的决定作用，使这支队伍成为经济社会发展中留得住、信得过、用得上的中坚力量。如何引导好、运用好这支队伍，社会各界高度关注，海外众多人士也格外关心，要切实把这股热情转化为推动海归发展的力量，还有许多工作要做。

相信随着《中国海归·侨界篇》一书的出版，必将为政府、企业、社会形成重视“侨界海归”、支持“侨界海归”、服务“侨界海归”的合力起到促进作用。

是为序。

（乔卫：中国侨联副主席、中国侨青会会长）

目录
CONTENTS

1 第一章 实业精英

不经历风雨，怎么见彩虹？从皮革业到绿色农业，从食品业到装备业，梁日辉、何燕航、林坚、王耀辉、魏珏淇、杨鹏、程德万坚定信念，排除万难，擦亮品牌，最终使产品在激烈的全球市场竞争中立于不败之地。

梁日辉：高擎民族品牌“芭迪”大旗 / 2
何燕航：以“良心品质”发展绿色农业 / 7
林　坚：树立食品行业的安全典范 / 11
王耀辉：跻身世界酶制剂企业前八强 / 16
魏珏淇：搭建归侨平台助特区发展 / 23
杨　鹏：布局中国智慧城市产业国际化 / 29
程德万：在多伦多首创华人文具业 / 35

39 第二章 金融骄子

内地金融业在市场化改革及对外开放中飞速发展，何俊龙、夏南、叶其昌、余杨、张逸群凭借其开阔的视野、创新的理念，整合海内外的网络资源及社会资本，在金融市场纵横捭阖，报效祖国，推动创新型经济与科技的发展。

何俊龙：亿元美金并购案轰动亚洲金融界 / 40
夏　南：金融“学徒”玩转百亿基金 / 45
叶其昌：侨乡私募基金的“开荒牛” / 51
余　杨：让大众都可享受优质金融服务 / 56
张逸群：事情要做“小”　视野要做“大” / 61

65 第三章　创业翘楚

因为创业激情，他们从 TMT、教育、文化等不同行业聚拢而来。把握世界科技进步方向，认清全球产业变革趋势，黄伟强、李子平、武凯、徐晓光、杨凯、张海波、邹建东，朝着同样炽热的目标，行进在路上。

黄伟强：专注海归综合型社交服务平台 / 66
李子平：构建海归精英与科创 CEO 的人才联盟 / 72
武　凯：“优创空间”助力跨国科技企业发展 / 77
徐晓光：发起成立全国首家省一级海归协会 / 81
杨　凯：“名校收割机”催热“火聚”直播平台 / 84
张海波：深圳云计算行业推手 / 89
邹建东：绘制归侨海归的中国梦 / 93

99 第四章　文卫专才

报纸、红酒、广告……李智、汪鹏、吴运元、毕志健、李宇琪、彭伊莎、杨超，因其各自不同的人生际遇，拓展出彼此独一无二的事业版图。他们亦商亦文亦医，在自己钟爱的领域中步步生花。

李　智：艺术商业世界中的“游吟诗人” / 100
汪　鹏：爱琴海边办中文报纸 / 106
吴运元：开启“永不落幕的葡萄酒品尝会” / 112
毕志健：澳门广告会展业的有为青年 / 117
李宇琪：完美演绎葡萄酒文化与商业活动的共生 / 123
彭伊莎：打造文化娱乐领域的“天猫” / 127
杨　超：侨领后代以医报国 / 131

136 第五章　中外桥梁

金风玉露一相逢，便胜却人间无数。如何让海外归国留学人员克服归国之初的“水土不服”，怎么让海归真正找到归属感？这正是谭滇湘、黄于于、郭志新、叶沛泉、蒋凡在做的。

谭滇湘：汇聚三湘学子成立湖南海归协会 / 137
黄于于：建机制让海归真正留下来 / 143
郭志新：中美创新医疗的推动者 / 148
叶沛泉：开启中国学子走向世界学府之门 / 151
蒋　凡：搭建中澳文化桥梁 / 156

161 后记

第一章 实业精英

不经历风雨，怎么见彩虹？从皮革业到绿色农业，从食品业到装备业，梁日辉、何燕航、林坚、王耀辉、魏珏淇、杨鹏、程德万坚定信念，排除万难，擦亮品牌，最终使产品在激烈的全球市场竞争中立于不败之地。

高擎民族品牌『芭迪』大旗

梁日辉

梁日辉，澳大利亚梅铎大学工商管理硕士，香港芭迪集团有限公司、香港领先亚洲投资有限公司、美国夏威夷领先资本投资有限公司、广州市芭迪皮革制品有限公司董事长。中国侨联委员、中国侨青委副会长、广东省侨联常委、广东省侨青委荣誉主任、广州市侨青会荣誉会长、惠州市侨联副主席、惠州市侨青会荣誉会长、江门市侨青会名誉会长。2007年荣获“第三届荔湾区十杰青年”及“第十届广州市十佳青年”荣誉称号；2008年荣获“广州新侨回国创业杰出贡献奖”；2009年、2010年获广东省侨联颁发的“杰出贡献奖”。2016年，梁日辉担任广东省侨界海外留学归国人员协会会长，以赤子之心推动海归事业发展。

传承家族制鞋工艺，创立民族品牌“芭迪”

梁日辉祖籍广东开平，出生于香港。他生在一个皮鞋世家，从爷爷一辈开始，祖孙三代人都在做皮鞋。梁日辉是在自家的制鞋工厂长大的，吃睡都在工厂，在他的记忆中，工厂就是家，家就是工厂。从小的耳濡目染和父辈的言传身教，让梁日辉对皮鞋制作一直怀有特殊的情感。他认定自己生来就是做鞋的。

梁日辉大学就读于加拿大缅省温尼伯大学，后赴澳大利亚继续深造，1997年获得澳大利亚梅铎大学工商管理硕士学位。在加拿大念书的时候，刚好父亲在做一些美洲的订单，梁日辉就经常利用放假的时间到父亲美国客人的店铺里实习，帮他们做鞋、卖鞋、管理仓库。从加拿大缅省温尼伯大学商业电子计算机专业毕业后，怀揣着对祖国的热爱之情，对参与家乡经济建设的热情，梁日辉立志回国创业，传承其父的制鞋祖业。1992年，他在广州创立了芭迪公司，并用其母亲的英文名字创立了在国内零售行业具有领导地位的知名品牌“PATTY芭迪”（简称“芭迪”），并在全国各大城市开设专卖店。开启了他在中国大陆皮制品市场的打拼时代。

芭迪的创立并非偶然，而是来自三代人的努力耕耘和积累。梁日辉传承家族制鞋工艺和匠心精神，非常看重鞋的质量及舒适感，希望从追求高质量及舒适感来深挖芭迪的价值，让客户能真实地感受到芭迪产品的贴心耐用。

走过24年的风雨路，梁日辉坚定信念，磨砺自己，排除万难，擦亮品牌，最终使得一切从零开始的芭迪在激烈的市场竞争中立于不败之地，这一切皆源于梁日辉对皮鞋制作的不懈追求和高瞻远瞩的眼界。从一开始他便为芭迪确立了良好的经营理念和准确定位：商品起点在中高档，定位在白领阶层的女性；企业要取得社会的认可，要赢得客户的信赖，就要“创出品牌”，“高定位才能创品牌”。行业内曾出现“假、冒、伪、劣”恶性竞争、不守信誉等现象，但梁日辉从不动摇自己的目标和方向，不同流合污，严把产品质量这一生命线。“不急功近利，不急于求成；先把自己的事业做好，再看自己的利在哪。”梁日辉这样要求自己，也这样要求芭迪的员工。公司自设大型的加工厂，采用意大利先进工艺、聘请意大利专家、引进意大利先进生产线的大举措，使芭迪除了树立自身的女装皮鞋皮具品牌外，更取得了一些国外优秀的知名皮鞋品牌的中国乃至亚洲区的代理权，使公司的经营战略从品牌经营向集团经营蜕变，并与英国“Clarks其乐”、美国第一运动品牌“Nike耐克”、意大利“芙蓉天使”和“飞福乐”等知名国际品牌合作。如今的芭迪已经成为女性办公室文化当中皮鞋产品的首选品牌之一。

在广州起步，24年间，芭迪在全国拥有150多家连锁店，大部分集中在广州、深圳等南方城市，其余则散布在北京、上海、成都等城市。公司不断追求自身的稳健发展，公司业务每年保持着25% ~ 28%的增长。除了发展专卖店之外，公司还大力发展电子商务，其中包括B2B、B2C、B2G等，全方位对女装鞋包市场展开进攻。

“千里之行，始于足下”，用来诠释梁日辉的创业之路，要比常人有着更丰富、更多重的内涵。除了集团经营外，近年梁日辉还积极在国内外进行商业地产投资，主要包括香港康诺维港大厦、美国夏威夷酒店、云浮西江新城综合交通枢纽项目、花城汇商业地产等项目。

不遗余力推动海归事业发展

如今，梁日辉已经是香港芭迪集团有限公司、香港领先亚洲投资有限公司、美国夏威夷领先资本投资有限公司、广州市芭迪皮革制品有限公司的董事长和总经理。他不仅是一位气质平和、感性细腻而又意志坚定、永不言输的企业家；更是一位有侨心、有爱心、有魄力、有实力以及有社会责任感的侨界企业家。

在致力发展企业的同时，梁日辉也热心参加各种社会事务。作为侨界青年代表、港澳政协委员，他勇于承担各项社会责任，发挥海外关系深广和企业界朋友广泛的优势，积极履行“为侨服务、维护侨益、参政议政、拓展联谊”职能，为国家繁荣稳定、经济建设、侨联事业和公益事业建言献策、牵线搭桥，并兼任中国侨联委员、中国侨青委副会长、广东省侨联常委、广东省侨青委荣誉主任、广州市侨青会荣誉会长、惠州市侨联副主席、惠州市侨青会荣誉会长、江门市侨青会名誉会长、中山市侨青会名誉会长、广州市荔湾区政协委员、广州荔湾海外联谊会常务副会长、广州侨联香港联谊会名誉主席、广州外商投资企业商会副会长、香港梁氏宗亲总会监事长等职务。2007年，梁日辉获得“第三届荔湾区十杰青年”及“第十届广州市十佳青年”荣誉称号；2008年荣获“广州新侨回国创业杰出贡献奖”；2009年、2010年获得广东省侨联颁发的“杰出贡献奖”。梁日辉在传递着祖国对香港同胞的热情的同时，也传递着香港同胞对祖国的信心。作为侨界的杰出青年，梁日辉坚持带领香港青年团队积极参与侨社工作及各项活动，成为促进中国内地和中国香港繁荣稳定的重要力量；为中国内地和中国香港侨界的可持续发展贡献自己的力量，多年来为促进内地和香港的和谐发展、交流发挥桥梁和纽带作用。在回国创业时，他就说过：“我是一个中国人，无论走到哪里，我的心始终与祖国在一起！”

2016年1月8日，广东省侨界海外留学归国人员协会第一届理事会就职典礼在广州东方宾馆隆重举行。共有600多名来自海内外的精英代表参加，梁日辉当选为协会会长。在就职典礼上，梁日辉表示，广东省侨界海归协会的成立，必然能以崭新的面貌，为国内海归事业注入新鲜血液，凝聚和团结更多的海归精英，推动海归人群的资源整合，激发广大海归青年的创新创业意识，积极投身到“双创”大时代的潮流中去，为中华民族的伟大复兴贡献自己的力量。

“长风破浪会有时，直挂云帆济沧海”，如梁日辉在就职典礼所言，在广大会员的共同努力下，海归协会一定能充分发挥海归人群在政治、经济、文化、社会等各项事业中的重要作用，“实践我们对海归的承担和使命，真正成为增进留学人员交流共赢的平台，成为侨界海归人员之家，在实现中华民族伟大复兴的进程中创造新的业绩”。

以『良心品质』发展绿色农业

何燕航

何燕航，英文名Jayden，美国赫斯莱茵大学工商管理硕士，参加过清华大学、北京大学、暨南大学等多所名校多个专业的进修班、研修班和研讨班。现担任惠州东进农牧股份有限公司（股票代码：831253）副董事长、副总裁，香港恒兴控股有限公司董事，香港家乡食品有限公司董事。

良心品质做安全食品

1978年，改革开放的序幕在祖国的南方拉开，踏着时代的浪潮，祖籍惠州的何燕航在香港出生。

80年代是中国改革开放的时代，急速发展的经济吸引着许多商家投入中国市场。与此同时，香港的进出口贸易发展蓬勃，粮食、衣服等产品，均依赖内地的供应。抱着“常思良心品质，常怀感恩之心”的想法，香港回归那年，在香港生活了近二十年的何燕航，看准发展时机，决定把事业重心转至家乡惠州，成立了惠州东进农牧股份有限公司。何燕航此举有两个主要原因：一是家族从事养猪业，而香港的农产品主要由内地进口，回内地发展有一定商机；二是惠州是他的家乡，选择回家乡发展是一件再自然不过的事情。

惠州虽然不像香港、深圳那般繁华，但它也不是发展落后的农村。何燕航看到惠州正在进步，虽然它比深圳、中山、东莞等珠三角城市迟起步，但它吸收能力强、城市规划好，环境质素也好，是他心目中创业的理想之地。

近年中国的食品安全问题备受关注，回到家乡发展事业的何燕航把“常思良心品质，常怀感恩之心”这句话作为自己企业的核心价值，始终坚持食品安全标准，从厂房的环境到生产原料等方面，都依照指引做好监察工作，务求保障人民的健康。何燕航直言食品安全问题是这个行业的

“生死门”，一旦食品安全出问题，整个企业就会“全军覆没”。而且食品行业不像其他行业，稍有不慎，便关系到百姓的身家性命。因此，重视食品安全既是维护企业声誉，又是一种社会责任。

何燕航热爱自己的家乡惠州，更关心人类赖以生存的家园。在环境问题成为全球大趋势的背景下，他十分重视发展环保事业，希望美丽的惠州不受污染。他直言，养猪等农业活动难免产生污染物，他会尽最大努力减少污染物的产生。

何燕航牢记父亲的“民以食为天，食以安为先”这句话，深知这是行业道德。基于他工作计划性强、反应敏捷、具有极强的组织协调能力和良好的沟通能力，同时以诚信为基础，以产品质量与特色为核心，经过十几年的拼搏，惠州东进农牧股份有限公司逐步成为全国信誉认知度高、市场占有率大、经济效益好的著名企业品牌、国家农业龙头企业。2014年11月，惠州东进农牧股份有限公司成功在全国中小企业股份转让系统（新三板）挂牌上市（股票代码：831253），进一步扩大了品牌的知名度和美誉度，把公司资本运作体系提到了新的高度。

开创惠州侨青工作新局面

此外，何燕航还是香港恒兴控股有限公司董事，香港家乡食品有限公司董事。站在事业的巅峰，他没有忘记社会责任，十分热心社会公益和公共事务。在做企业的同时，何燕航还身兼多个社会职务：惠东县政治协商委员会委员、广东省新三板企业协会常务理事、广东国际华商协会常务理事、广东侨界青年联合会理事、广东省侨界海外留学归国人员协会常务副会长、香港广东社团总会青年委员会委员、香港上水惠州同乡会副理事长、惠州市侨联常委、惠州市侨界青年联合会执行会长、惠州海外联谊会会员、惠东县外商投资协会常务副会长、惠东县工商联合总会常委、惠东县侨联副主席、香港上水惠州公立学校校董、香港政协青年联会会员、珠三角工业协会惠州分会执委、惠州政协历届港澳委员联谊会副会长、香港惠东同乡社团总会副主席、香港惠州新港人副会长、江西省侨联青委会常委等。

生长在香港，求学在海外，创业在惠州，丰富的经历让何燕航深感青年进步的重要性。因此，事业成就之日，何燕航还致力于青年事务，希望拥有国际视野的青年，日后能成为国家栋梁。身兼多个侨联、侨界协会职务，何燕航十分鼓励两地各大城市的青年多交流。他致力于青年事务的最大心愿，就是希望自己能为来自不同行业的青年提供一个交流的平台，让他们擦出火花，发掘更多可能性。他看到现在内地的青年正在不断进步，还有很多海归学生，他们拥有丰富的国际视野，可借着交流和沟通，建立广阔的人际网络，做到真正的“相识满天下”。同时不断推陈出新，丰富活动内涵，开创侨青工作新局面，为惠州市侨青会和广大侨界青年创造更广阔的未来。

树立食品行业的安全典范

林坚

林坚，1993年毕业于香港珠海学院工商管理系，2009年美国明尼苏达大学卡尔森管理学MBA毕业，现为广东省侨界海归协会常务副会长。1999年，他在香港创立惠益集团有限公司，主要经营食品配料、添加剂和食品的代理。2002年，有感祖国大陆突飞猛进的经济发展势头和良好的投资环境，香港惠益集团在广州全额投资成立了广州天惠食品股份有限公司，主营食用香精、食品配料的研发、生产与销售。

秉着良心、良知、良品做食品

俗话说，民以食为天。面对国内日益严峻突出的食品安全问题，一些食品企业无视民众生命健康，做出许多违背良心道德的事，作为一名曾经留学海外，热爱祖国的有志青年，林坚决心以自己所学知识和力量改变这一现状，树立食品行业的安全典范。

在林坚看来，做食品就是做良心工程。作为一名企业家，要以“为社会创造效益”为使命，用良心生产食品。因此，在公司创立之初，林坚就立定了“良心、良知、良品”的食品安全管理方针，要求全体员工，务必本着良心，不断获取良好的专业知识，做出优良品质的产品。

14年来，惠益集团有限公司（简称“惠益集团”）始终坚持以“惠泽民、兴仁义、敬天爱人；益诚信、理智道、基业长青”为经营理念，公司全体员工都接受着中华传统道德思想的熏陶，践行仁义道德，用良心生产食品，用诚信的心关注客户的成功。发展至今，天惠食品股份有限公司（简称“天惠食品”）已成为一个拥有150多名员工、产能达3000吨、产品覆盖中国大部分省市的食品配料产供销一体化企业。天惠食品还因积极开展“产学研”相结合的先进的食品生物技术研究和开发工作，在企业的发展过程中，参与省市食品生物科研项目的研讨，而获得了广东省“高新技术企业”的称号。

企业有如今的成就，源自林坚在创业初期，就确定的使命——“为顾客创造价值，为员工创造机会，为社会创造效益”。

在林坚看来，企业的成功，除了自身要有高瞻远瞩的眼光和先进的管理思维外，也需要合作伙伴的诚心支持，“天惠食品在发展的历程中，得到了很多人的关注和支持，才有了今天的成就，对‘多方支持’的重要性我深有感悟”。目前，天惠食品拥有液体香精、粉体香精、膏体香精、复配食品添加剂、食品调味料等共9条生产线，香精和调味料的应用覆盖食品工业的大多数领域，产品的品质一直都保持在同业高水平，在历年的政府抽查检测中，全部合格通过。“指南针”牌食品工业用香精及“活色生香”牌食品调味料产品，在国内市场占据优势，在同行业中也拥有良好的口碑。每年，不定期接受大中客户的审核时，天惠食品的生产环境、管理体系、产品品质，都得到了客户的一致好评。“企业是以获取利润为初始目的的，客户的成功，就是我们的成功，天惠深知‘一个优秀的供应商，就是事半功倍的合作伙伴’的道理，因此，我们时刻用心去创造、用心去执行、用心去服务，以最真诚的心，去关注我们客户的成功，这是我们回报社会、回报大众的第一个使命。”

正是在这样的理念指导下，林坚带领着全体惠益人，以“真诚关注您的成功”为创业和发展准则，时刻保持热情、真诚的服务，“公司的业务部门、技术部门、客服部门，每个月都会按我们既定的‘技术万里行’计划，出访潜在的客户，与现有的客户进行技术交流和为他们改进服务，为客户提供降低成本、改善工艺、提升品质等的全方位的支持”。

此外，惠益集团还代理了国内外知名的食品香精香料、食品添加剂：

食品配料方面主要有瑞士芬美意香精香料，日本三菱蔗糖酯、聚甘油酯，日本三菱瓦斯脱氧剂，日本横滨油脂烘焙脱模油，日本味思开海鲜提取液，澳洲百伦泰芝士粉、酸奶粉，澳洲蓝湖磨坊速溶燕麦、燕麦麸，日本长冈香料，美国森馨色素、香精香料，比利时Cosucra豌豆蛋白、纤维、淀粉、菊粉等品牌，以及广西维科特的异麦芽酮糖、异麦芽酮糖醇。在食品方面，主要代理经营世界著名的冰淇淋品牌——美国哈根达斯、国内冷冻食品中的尖端品牌——湾仔码头（水饺和点心系列）、西藏卓玛泉矿泉水、能多益可可榛子酱、活色生香餐饮调味料及Rational万能蒸烤箱等。

"奢侈态度，雅致臻享"是公司代理和经营高端食品的定位和理念。用奢侈品制作者创作过程中那种一丝不苟的态度来对待工作、经营产品和企业，以带给大众高雅的、美好的享受。

企业的发展，离不开员工的奉献。从创业之初，林坚就时刻将员工的利益放在心头，17年来，他带领惠益集团不断为员工创建"开心工作、美化生活"的工作氛围。公司从创立之初，演变成现在集团式经营的企业，不但为食品工业化生产提供了先进的技术支持和优质的产品服务，更为诸多员工实现了安居乐业的理想。

身体力行回馈社会

"佛为心，道为骨，儒为表，大度看世界；技在手，能在身，思在脑，从容过生活。"林坚一直追求为社会创造更大的价值。2009年，在他的主导下，惠益集团作为创始人，成立了"美中青年企业家商会"，为志同道合的企业家们搭建一个交流的平台，分享成功的经验，总结失败的教训，为社会经济的发展贡献力量。2013年，惠益集团作为发起单位之一，参与创立了“南方公益阅读基金会”，与其他热心的企业一起，共同关爱贫困山区和留守儿童的阅读生活。除了参与社会的公益活动和商务项目外，作为一名爱国人士，林坚还有一个身份——广州市荔湾区政协委员，在历次的政协会议上，作为中小企业的代表，林坚积极建言，参与国家政事。

企业可以良性成长，主要是得益于国家经济的良好发展形势。社会与企业是相辅相成的。惠益集团也心系社会的发展，在公司的发展过程中，林坚积极参与社会活动。他加入了中山大学岭南（大学）学院校友会，现任副会长；加入明尼苏达大学广州校友会，出任会长。同时，惠益集团每年都向“中山大学岭南教育基金”提供一定的资金，作为中大优秀学生的奖学金。21世纪之初，林坚代表惠益集团参加了广州青年商会，任常务副会长。林坚个人还曾获得商会颁发的“2011年度慈善之星”“2012年热心公益奖”等。

一路走来，作为一名海归投资者，林坚在内地的企业得到稳步发展，而这与政府提供的一系列支持政策是分不开的。林坚说：“创业，是为了实现人生的价值，企业的发展需要更多的血液和营养，企业的进步主要需要自身努力和发展，然而好的投资环境和政府扶持性的优惠政策，能让企业在发展的过程中快马加鞭，更高更快地实现经营的目标，从而为社会贡献更多的价值。”

展望未来，林坚希望政府能一如既往地支持海归投资者，“作为惠益集团的负责人，我将以诚挚的心，为祖国的繁荣富强继续努力，去实现我的人生价值”。

王耀辉

跻身世界酶制剂企业前八强

王耀辉，东莞泛亚太生物科技有限公司、东莞兴业生物科技有限公司董事长兼总经理，“2013中国留学人员创业园十大领军人物”、“2013年度东莞十大经济人物”、东莞政协第十二届委员会常务委员、东莞市侨联归国留学人员联谊会会长、香港东莞王氏宗亲会主席、广东医学院客座教授。悉尼大学（University of Sydney）动物营养学哲学博士、阿德莱德大学（University of Adelaide）工商管理硕士（MBA），先后任澳大利亚联邦科工组织（CSIRO）研究员、罗氏中国区技术经理、英国ABN集团技术总监、山东六和集团执行总裁。

漂洋过海，只为逐梦

东莞虎门，中国乃至世界近代史上一个彪炳史册的名字。东莞也是改革开放浪潮中最早接触到外面世界的前沿城市之一。1963年，王耀辉出生于东莞虎门。20世纪70年代末，改革开放刚刚拉开序幕时，刚上高中的王耀辉已感受到改革开放的春风。当时的虎门几乎家家都有在香港的亲戚，他们回大陆探亲时带来的牛仔裤、T恤衫，以及在香港已经被淘汰的四喇叭收录机，对大陆的人来说，都是难得的礼物。东莞与香港之间明明只是咫尺之隔，但物质文明上却有天壤之别，巨大的差异深深刺痛着王耀辉的心。年少的他渴望走出国门，走向外面的广阔世界，学习西方先进的科学技术和管理知识，改变家乡贫穷落后的面貌。

1979年，王耀辉被华南农学院（现华南农业大学）畜牧兽医系录取，那年他不过15岁。那是“文化大革命”后恢复高考的第三年，在大学录取率几乎只有百分之一的情况下，王耀辉成了名副其实的天之骄子。

1983年，大学毕业的王耀辉被分配到深圳农科中心，负责猪场、鸡场的技术管理工作。20世纪80年代的广东，正是出国留学浪潮风起云涌的地方，身在深圳的王耀辉深知自己正处于这一历史浪潮中，追逐心中深藏多年梦想的时刻已经来临，于是他报考了农业部举办的出国留学英语培训班，可惜被告知因报考太迟没能通过，他为此感到失落。然念念不忘，终有回响。王耀辉兄长的一位朋友带来一个澳洲自费留学的信息。1987年，王耀辉终于踏上前往澳洲的征途，家人倾尽所有，为他凑足了4000多澳元的学费和生活费，而这仅是启程的最低款项。

父亲看着就要独自一人漂洋过海的儿子，心中难免有所担忧，王耀辉从父亲的眼神中读懂了这份担忧，他握着父亲的手安慰道："爸，你放心，一出家门，我就把自己当成潮州人了。""有潮水的地方就有潮州人"，潮州人对出洋的前仆后继、义无反顾、奋力打拼，正是此时的王耀辉所需要的。虽然早在出国之前，他就给自己打了不少预防针，但留学生活的艰辛还是远远超乎了他的想象。刚到澳洲时，带去的钱几乎全部用来支付学费了，饥饿难耐的时候，王耀辉还曾扮成天主教徒，去教堂领取免费食物。

即使在多年以后，他对此仍耿耿于怀。为了改善经济上的困窘，王耀辉只能到餐厅打杂。语言上的障碍也让王耀辉倍感艰难，甚至在一次和英语老师的通话中，为自己不长进的英语失声痛哭，哀求老师教给他一个快速提高英语的方法。王耀辉当时所承受的压力和绝望，除了他自己，别人恐怕都难以体会。然而也正是这些艰难的经历，成就了后来的王耀辉。

1992年，王耀辉获得悉尼大学动物营养学哲学博士学位，并进入澳大利亚联邦科工组织（CSIRO，相当于中国科学院）做博士后。在读博和博士后期间，王耀辉在营养学的世界顶级刊物——《英国营养杂志》和美国《营养杂志》等发表过多篇论文。

重归故土，践行人生使命

1993年和1995年，王耀辉两度回国，看到了祖国大地日新月异的变化和隐藏的无限商机。他一直认为只有实现科研成果的商业化，才能充分开发科研成果的价值，而这也是当下国内经济发展所迫切需求的。为了日后商业运作能拥有系统的理论知识，1995年，王耀辉进入澳洲著名学府阿德莱德大学（Adelaide University），攻读MBA硕士学位。当时他已是三个孩子的父亲，白天要到科工组织上班，下午五点下班就要匆匆忙忙赶去上课，晚上九点半去接孩子，然后才回家做饭，但为了能够早日学成归国，践行自己的人生使命，王耀辉觉得这一切都是值得的。天道酬勤，1996年，王耀辉获得阿德莱德大学MBA硕士学位。

获得学位后，王耀辉马上准备回国，迎接下一轮的人生挑战。

对于王耀辉回国的决定，身边的亲友都感到难以理解，作为澳大利亚联邦科工组织的研究员，无论是从经济、地位，还是从发展前景来看都是相当不错的一份工作，王耀辉的父母甚至两次飞到澳洲，希望他打消回国的念头。但即使如此，王耀辉还是义无反顾地踏上归国之路，并于1996年11月获得罗氏公司中国地区精细化工及维生素市场技术经理的职位。在他的努力下，罗氏公司的维生素中国市场的业务量实现了每年30% ~ 40%的高速增长，维生素市场占有率更是被推到60%的高峰。

1999年8月，王耀辉加盟英国最大饲料公司ABN集团，担任该集团海外业务技术总监及该集团在中国最大的合资企业辽河—ABN集团常务副总经理。在ABN任职期间，他通过技术使产品的营养合理化，提高质量的稳定性及产品性能，把每吨饲料的原料成本降低约50 ~ 70元。经过几年职业经理人岗位的锻炼，王耀辉已成为一个典型的学者型企业家，专业的理论知识和丰富的管理经验，让他成为业界炙手可热的高级人才。

2000 年，王耀辉正式出任山东六和集团执行总裁。山东六和集团是中国最大的饲料集团之一，拥有 50 多家分公司、6000 名员工，年产值高达 30 亿元，丰厚的年薪和优越的福利待遇，让王耀辉成为名符其实的“打工皇帝”。

从“打工皇帝”到“创业海归”

一路远渡重洋，跋山涉水，走到了这里，王耀辉潜藏心中多年的梦想已基本实现。他本以为可以停下歇歇，看看周边的风景，但天有不测风云，家中打来电话，母亲病重，并在10多天后去世。自15岁离家以来，眨眼间已过去20多年。20多年来，为了自己的事业和梦想，陪在父母身边的日子寥寥无几，这让王耀辉感到无比内疚，难道就没有一种事业与亲情都能兼顾的选择吗？为什么不能“打回老家去”，创立自己的公司呢？

在一番思虑之后，王耀辉再一次做出了让许多人震惊的决定，从山东六和集团辞职，回家乡创业。

2001年4月，王耀辉回到阔别多年的东莞，并在7月份成立东莞兴业生物科技有限公司，任董事长兼总经理。公司主要从事饲料、饲料添加剂的生产、销售和技术服务，集科研、开发、应用、生产和销售于一体，致力于动物营养及人类营养事业，现有3个工厂，年销售额4亿元左右。2004年王耀辉成立东莞泛亚太生物科技有限公司（简称“泛亚太”），2006年收购台湾基酵生物，2009年在东莞松山湖买地建厂。自此，泛亚太发展成一家集研发、生产和销售于一体的高科技酶制剂企业，以生物酶为解决方案，以提高生物资源的利用、改善人类的健康和生活品质为使命，在动物营养、食品安全、工业污染、环保事业等方面贡献力量。

创业十多年来，凭着对产品质量的坚守和对科技创新的重视，王耀辉推动着企业和高科技酶制剂市场不断发展。

将“做企业就要把有价值的产品推向市场”作为经营企业的信条，创业多年以来，产品的质量一直是王耀辉最关注的。“把熟悉领域的知识应用起来，做一家有责任心的企业”，在他看来做企业一定要对自己的产品做验证，看产品的效果，再进行市场推广，产品的品质和价值必须摆在第一位。

“科技创新是公司的生存之道”，作为一个典型的学者型企业家，王耀辉始终将科技创新和研发摆在重要位置。“只有你科技创新，产品不断领先别人的时候，才能避免

和别人的低水平无序竞争。我们现在一年半左右就会推出一系列全新产品。”在国内大多数企业仍处于抄袭和打价格战的时候，王耀辉将精力投注到国际市场上，集中精力开发能进入国际高端市场的产品。公司投入研发的资金比例高达公司营业额的10% ~ 12%，他始终认为，科技的创新能让产品领先于对手，从而获得生存的空间。

在王耀辉的带领下，公司品牌“保来康”获评“中国酶制剂十大知名品牌”“广东省高新技术产品”“广东省名牌产品”等称号；东莞泛亚太也获得“广东省高新技术企业”“东莞市科技进步一等奖”“猪用复合酶制剂产品开发及推广应用一等奖”“肉鸡专用高效复合酶制剂产品技术开发及推广一等奖”“中国留学人员创业园百家最具成长性创业企业”等荣誉。

回乡创业至今已有15年，关于公司的前景，王耀辉仍是野心勃勃，在他的计划中，联合生物科技有限公司或东莞泛亚太生物科技有限公司将于3 ~ 5年内上市，跻身于世界酶制剂企业前八强。东莞兴业生物科技有限公司主要往养殖业产业一条龙方向发展，成为国内集饲料、养殖一条龙，年销售额100亿元左右的企业。回顾在回国后的十多年里，从职业经理人到自主创业，王耀辉始终怀着虔诚的使命感，以饱满的激情追逐着心中的梦想，不断接受挑战，不断超越自我。

搭建归侨平台助特区发展

魏珏淇

魏珏淇，广东汕头人，80后海归。2007年留学英国萨塞克斯大学，2011年毕业后回到家乡汕头发展，现为广东华盛铭兔环保科技股份有限公司董事、香港华盛股份有限公司总经理、广东省侨界青年联合会常委、广东省侨界海外留学归国人员协会常务副会长、汕头市侨界海外留学归国人员协会会长、汕头市女企业家协会理事。

学成归乡实现人生价值

魏珏淇自幼在汕头生活，2007年从当地高中毕业后，为了能有更好的发展，前往英国萨塞克斯大学留学。或许是出于潮汕人善于与乐于经商的传统，或许是从小的耳濡目染，魏珏淇选择了经济管理专业，开始了在英国萨塞克斯大学的学习。四年的英国求学之路，让这个潮汕女生长了很多见识，积累了许多经验。家境殷实的魏珏淇十分独立，暗自下定决心要通过自己的努力去奋斗，去实现理想。

2011年，临近毕业时，魏珏淇也曾为是否回国踌躇过。当时汇丰银行前来学校招聘，魏珏淇以出色的表现顺利进入面试，但在经历一番思考后，她决定放弃进入汇丰工作的机会，选择回到国内发展。即使回国，很多海外留学生回国后都会选择在北京、上海等一线城市发展，因为他们已形成固有认知，觉得大城市有更多的就业机会和更广阔的发展空间，但魏珏淇却不这么认为，而是坚持回家乡汕头发展。“或许很多人无法理解我的选择，但我一直坚信这是对的。”魏珏淇说。在异国他乡时，比在国内更能深刻感受到自己是一名中国人，她一直希望回到家乡做点事情，而汕头近年来的发展让魏珏淇相信在这里同样能找到自己的事业舞台。“中国是我的国家，汕头是我的家乡。回家了，我把留学所获的知识、经验带回来，在这里学以致用，同样能找到实现人生价值的舞台。”

海归“创二代”助力家族企业发展

2011年7月，怀揣着爱乡之情的魏珏淇回到了汕头，进入家族企业——广东华盛铭兔环保科技股份有限公司（原广东华盛塑料有限公司）外贸部工作。公司成立于1997年，在魏珏淇父辈的努力经营下，已成长为一家集塑料食品包装容器制造、纸类食品制造、商标和图案印刷，以及相关印刷机械设备研发和制造为一体的高新技术企业。公司的发展态势稳定而良好，但魏珏淇并不满足于此，她觉得自己可以把它经营得更好。进入公司外贸部后，她充分发挥自己的专业优势以及在国外留学积累的资源，进一步拓展公司的营销渠道，占领更多的国外市场份额。经过不懈努力，公司的出口销售额出现了翻倍增长，魏珏淇也从中提升了自己，找到了发展平台。

2015年年底，广东华盛塑料完成股改，更名为广东华盛铭兔环保科技股份有限公司，2016年3月在新三板挂牌上市，魏珏淇成为公司董事。经过几年的快速发展，广东华盛铭兔环保科技股份有限公司（简称“华盛铭兔”）已是一家集环保一次性杯、密实盒等环保食品容器研发、生产、销售为一体的高新技术企业，总部工厂坐落在汕头市金平区民营科技园，拥有目前国际先进的德国BC系列片材挤出机和日本FLC系列真空成型机，是目前国内同行业中规模较大、设备较先进、技术较全面的企业之一。为适应市场变化，满足公司未来发展规划，公司还在福建增设另一生产基地，占地面积150多亩，建设现代化无尘车间厂房105000平方米。并在香港成立全资控股子公司，在广州设立办事处。

目前，“华盛铭兔”快餐包装系列产品在国内已走进肯德基、真功夫、满记甜品、吉野家、许留山等国内外知名餐饮品牌餐饮连锁店，公司的“铭兔”“逸淇”品牌环保饮水杯、贮存盒也在卜蜂莲花、美宜佳等全国8000多家知名超市和便利店上架销售。公司产品更是出口了全世界30多个国家，各项质量指标已达到国际先进水平。在魏珏淇等人的努力下，公司发展越来越好，2011年被中国塑料加工工业协会授予“中国环保塑料包装容器研发生产基地”称号，成为我国首家获此殊荣的企业，同时还获得“中国塑料行业十强企业”“中国塑料行业荣格技术创新奖”等荣誉。此外，公司还连续15年被评为“广东省守合同重信用企业”，并获得“广东省诚信守法示范企业”“汕头市十大诚信企业”“纳税大户”“出口大户”“A级纳税人”“文明企业”等荣誉称号。

魏珏淇归国后的几年，正是华盛铭兔蓬勃发展的黄金时代，这当中少不了父辈长期打拼积累下的基础，也少不了“创二代”魏珏淇的努力。

推动汕头海归协会成立

在推动家族企业迅速发展的同时，魏珏淇并没有忘记自己的社会责任。“我希望用自己的一点经历告诉更多的留学生，希望他们学成后能回到自己的家乡。因为这里的舞台，同样精彩。”汕头作为中国著名侨乡，在世界各地分布着大量华侨，而改革开放后，汕头的出国留学人员日益增多，魏珏淇希望自己能够做点事情，将汕头的这些资源有效结合和利用起来，推动家乡的发展。2016年，魏珏淇终于找到了这个机会，借着汕头的侨乡背景和近年海归浪潮的发展，汕头市侨界海外留学归国人员协会在魏珏淇等人的推动下，顺利成立。

2016年4月24日，汕头市侨界海外留学归国人员协会（简称“汕头海归协会”）成立大会暨第一次会员大会、第一届理事会就职典礼举行，中国侨联副主席、省侨联主席王荣宝等领导和海内外嘉宾，以及来自全市各界近100名海归精英出席了活动。大会选举产生了汕头市侨界海外留学归国人员协会第一届理事会，魏珏淇当选为首届会长。2016年5月4日，魏珏淇受邀出席了由共青团汕头市委员会、市青年联合会联合主办的“纪念五四运动97周年暨青年创新创业事迹报告会”，会前，魏珏淇作为全市12名青年代表之一，在汕头市委会议中心受到汕头市委陈良贤书记的接见。

目前，汕头海归协会已有115名会员。而就是这么一个新生的组织，却有着无限的干劲与希望。协会成员主要由80后、90后的新生代青年组成，大家由于有共同的海外背景、素质之高和见闻之广而走到了一起，又通过彼此间的交流拓宽彼此的视野，为汕头海归们提供了分享经验与指导的一个平台。汕头海归协会虽成立不久，却已把活动做得风生水起，对内定期开展精英交流分享活动，组织会员企业互访日，对外与广东各市友好协会

交流、联谊，为海归会员们带来了立足于汕头而又超越汕头的资源共享、交流平台。同时，汕头海归协会也致力于回馈社会，活跃于公益活动之中。协会不仅积极参与到“广东6·30扶贫济困日”中，更通过“爱心衣橱”活动为四川两所小学捐去善款及物资，献上了海归们的一份心意。

在魏珏淇看来，汕头特区因侨而立，华侨遍布世界各地，当前汕头正全力推进华侨经济文化合作试验区建设，是全国、全世界华侨华人投资兴业的热土。汕头作为“海上丝绸之路”的重要节点，抓住“华侨经济文化合作试验区”的建设和发展以及广东以色列理工学院落户汕头等有利契机，实施创新驱动，推动产业转型升级。利用这一机遇发挥中国华侨国际文化交流基地的纽带作用，可加大内引外联力度，巩固和扩大对外文化交流的国内工作基础，进一步促进和增强侨胞，特别是新侨对家乡文化的认同感、民族自豪感，推动侨联组织文化交流工作的创新发展。汕头市侨界海外留学归国人员协会作为汕头首个正式注册并由汕头市侨联主管的海归精英团体，将吸引和团结侨界海归精英，为海归创新创业打造优质人脉经营平台。

布局中国智慧城市 产业国际化

杨 鹏

杨鹏，深圳前海海归投资控股有限公司董事长、深圳市前海中安创投有限公司董事长、深圳中安传媒股份有限公司总裁、深圳市中安防投资控股有限公司总经理、深圳市中安网络技术有限公司总经理；中国侨联青年委员会副会长、深圳市政协委员、第九届全国归侨侨眷代表及先进个人、深圳市侨联副主席、深圳市侨联青年委员会主任、智慧中国联合会秘书长、中国云体系产业创新战略联盟副秘书长。

为留学生归国创业搭建平台

2000年，杨鹏前往英国华威大学学习计算机科学。大学毕业后，又进入英国伯明翰阿斯顿商学院攻读工商管理硕士。2005年，硕士毕业，杨鹏回到国内，进入深圳市安博会展有限公司，任海外市场部经理、总监。2011年开始至今先后任深圳市中安网络技术有限公司总经理和CEO、深圳前海海归投资控股有限公司董事长、深圳市中安网络技术有限公司总经理和CEO、深圳市中安传媒股份有限公司执行董事、CPS中安传媒总裁。

作为一名归国创业的海外留学人员，从留学到回国就业创业，杨鹏深知这一路的艰辛。为了帮助新一代海外留学归国人员这一社会新阶层解决归国创业、报效祖国过程中的实际困难，杨鹏不断尝试着去努力，先后创建了（香港）大中华新海归协会和深圳市海外留学归国人员协会，创办了"我是海归"网、《我是海归》杂志，以及举行各种高层次归国留学生活动，为新一代归国留学生回国创业搭建了一个交流平台。

2013年12月，在市侨联的推荐下，杨鹏代表深圳参加了在北京召开的第九届全国归侨侨眷代表大会，并获得"全国归侨侨眷先进个人"称号；2014年1月22日—27日，深圳市"两会"期间，杨鹏作为特邀嘉宾列席参

加深圳市“两会”，积极为祖国发展建言献策，并受到深圳市政协主席王穗明的接见。

2013年，为团结和凝聚广大海归，搭建海归回国新桥梁和人脉平台，吸引更多海外留学归国人员来深圳创新创业发展、参政议政等，杨鹏同50多名深圳海归人士发起创立深圳市海外留学归国人员协会。协会接受市侨办及市民政局的业务指导和监督管理，旨在通过与海内外留学人员和企业、团体建立广泛的联系与合作关系，推动国际人才交流，支持留学人员自主创业，为会员提供优质服务，为全市的人才强市战略和留学人员工作服务，推动全市经济、社会和文化的发展。

2013年12月10日，深圳市海外留学归国人员协会（简称“深圳市海归协会”）第一次会员大会在深圳五洲宾馆隆重举行，审议通过了协会章程，并选举产生了杨鹏为会长、刘海涛为监事长的第一届理监事成员。作为当选的首任会长，杨鹏表示，他将和全体理监事成员一起共同努力，通过组织会员进行商务交流、创业交流、人才交流等多种活动，服务更多留学归国人员和社会各界精英，促进各方面的交流合作、优势互补。团结和凝聚广大海归，为深圳统一战线工作、全市人才发展战略、推动深圳社会经济发展做出新贡献。

目前，深圳市海归协会在杨鹏的带领下，得到了相关政府部门的重视和认可，现已有来自21个国家的1000余位会员，200多位理事会成员。并以“我是海归”手机应用和微信为载体，覆盖了20万以深圳为主的海归人才。深圳市海归协会已经发展成为中国最具影响力的青年海归社团之一，积极开展对留学归国人员和社会各界精英的交流互动工作，为有关部门储备、提供人才；组织会员开展商务交流、创业交流、会议展览、人才交流咨询、合作、考察、互动、信息共享、主题活动、合作推广等。

在深圳市侨办、侨联的大力支持下，深圳市海归协会每年组织超过600场各类型活动，并创办多场大型活动，如：具有5000多名应聘者参加的“中国国际人才交流大会——海归人才专场招聘会”、300多名博士参加的“百博行——海外百名博士行”、千名海归创业者参加的“梦想海归·中国（深圳）海归创业大会”、“海归项目投融资对接会暨深圳海归创业论坛”，以及配合深圳金融人才政策的“深圳海归金融创新论坛”等。

深圳市海归协会2013—2016年期间曾多次组织侨青、海归出国考察，先后前往美国、加拿大、以色列、英国、德国、西班牙、意大利等地考察访问。并积极与哈佛大学中国学生会、麻省理工学院中国学生会、宾夕法尼亚大学中国学生会、牛津大学中国学生会等30多个国际顶级名校的中国学生学者组织对接，以人才吸引人才为方针，积极推广深圳，招才引智来深圳发展。并且在上述国家均设立了联络处或办事机构，方便持续有效地吸引海外人才。

杨鹏在2015年初就任深圳市第六届政协委员，会议期间提出了“关于提高留学人员创业前期补助”提案，后提升为界别提案，并列为优秀提案在市政府工作报告当中特别提出。此提案积极配合深圳市委、市政府人才战略，积极推动了海外人才来深发展。

同时，在杨鹏的指导下，深圳市海归协会针对海归特点实施个性化的会员服务。第一，协会与中国建设银行深圳市分行公司建立良好合作关系，授信30亿元资金给协会，与建行推出专属协会的建行信用卡；建行也为协会副会长级别成员提供500万元的授信支持服务。第二，依托龙新国际孵化器，成立深圳市海外留学归国人员协会龙华创业孵化基地，给海归创业者尤其是深圳市海归协会成员，提供一个配套齐全、政策完善、低成本、高效率的创业土壤，为众海归的创业之路添砖加瓦。

助力中国智慧城市产业国际化

此外，杨鹏还是中国侨联青年委员会副会长、深圳市政协委员、深圳市侨联副主席、深圳市侨联青年委员会主任、智慧中国联合会秘书长、中

国云体系产业创新战略联盟副秘书长。

在智慧城市和安防工作方面，杨鹏积极促进中国智慧城市产业国际化步伐，不断努力加大安防业界与全球智慧城市业界的交流，帮助企业融入智慧城市体系。2012年、2013年，受世界智慧城市大会的邀请，杨鹏两度赴德国参加智慧城市大会，并作为中国代表演讲。2011—2013年，先后三次被西班牙巴塞罗那国际智慧城市大会、德国外交部、德国商务科技部邀请，作为中国智慧城市特邀专家做演讲。发展智慧城市产业之间的沟通与合作，推动智慧城市发展进程，促进智慧城市产业融合和发展，杨鹏走访考察了超过20多个国家和地区，为世界了解中国智慧城市建设情况、促进各智慧城市企业合作做出了重要贡献。

在杨鹏的直接推动下，深圳市智慧城市企业与全球 33 个国家和地区的企业，建立了友好交往关系，与 30 个国家和地区的智慧城市相关行业协会建立了友好往来关系。深圳市安全防范行业协会与全球安防产业联盟于 2010 年 11 月 23 日签署了深圳备忘录，联盟总部由华盛顿迁移到全球安防产业制造基地——深圳。此举得到了深圳市政府的大力支持，2011 年 11 月 17 日，全球安防产业联盟总部入驻深圳。

与此同时，杨鹏还积极帮助大批中国安防企业在海外市场建立自己的品牌形象和销售渠道。他始终致力于将深圳打造成为全球智慧安防研发基地、生产基地、采购基地，国际公共安全技术服务平台，国际安防产、供、销资源整合服务平台，致力于将深圳打造成为全球才智的中心，为将深圳建设成为现代化国际化创新型城市而努力。

在多伦多首创华人文具业

程德万

程德万，加拿大华侨，生于广州，后随家人移居香港。1971年前往加拿大多伦多求学，大学毕业后开办了当地第一家华人文具店。20世纪90年代后，程德万集中精力进军印刷出版业，成立致丰印刷公司。随着公司发展，2005年程德万成立Asian E-tel公司，在2006年又开创Asian Gourmet（《亚洲美食》）杂志，专门介绍亚洲美食。2008—2010年，程德万的公司连续三年获得加拿大印刷出版商100强，成为唯一一家获此殊荣的华人出版商。

独辟蹊径，开启异域印刷事业

程德万出生于20世纪50年代的广州，后随父母迁到香港，曾就读于香港跑马地玫瑰岗学校。1971年，父母为了程德万能有更好的发展，将年幼的他送往加拿大安大略京士顿读高中。经过几年学习，程德万顺利考入加拿大滑铁卢大学，成为一名电脑工程专业的学生。为了减少高昂的学费和生活费给家人带来的负担，程德万从高中就开始勤工俭学，利用课余时间从事各种工作，贴补学费和生活费，从假日酒店厨房的杂工，到学校图书馆的管理员、批萨店的外卖员……在陌生的国度里，这些兼职一路伴随着程德万，直到他大学毕业。

1976年，程德万大学毕业，顺利进入多伦多政府部门工作。但在政府部门待了两年后，程德万深深感受到了这份工作的局限。在一次与一个画商聊天的过程中，程德万发现自己必须改变那单调枯燥的生活。终于，他鼓起勇气，向上级递交了辞呈。

辞职后，程德万四处寻找机会，向来思维活跃的他，发现在当地居然没有一家华人开的文具店。程德万发现了这个商机，利用多年来打工的积蓄，开了当地的第一家华人文具店。文具店顺利开张后，程德万雇了一个女收银员照看门店生意，自己则四处奔波，到各大公司推销文具产品。1982年，程德万关掉了门市，做起文具批发的生意。在不断与各家公司打交道的过程中，程德万发现，经常有公司的相关人员向他询问打印名片和信封的业务。程德万觉得这是一个商机，便将这些业务统统接了下来，开始向各家公司提供印刷中介服务。慢慢地，程德万自己也购买了印刷设备，开展印刷业务。

在业务代理方面，除了印刷业务外，程德万还争取到了日本的SHARP打印机、传真机、电话等产品的代理权，成为当时加拿大第二家获得SHARP产品代理权的华人企业。

落叶归根，致力华人文化传播

1989年，多伦多印刷行业竞争日益激烈，程德万印刷公司因缺乏差异性，一度陷入经营困境。痛定思痛，程德万开始反思自己的创业经历，渐渐感到做一些低成本的生意虽然成本回收较快，但同质化竞争太严重，容易被取代。详细调查后，程德万发现多伦多当地的印刷厂数量虽然多，但大多是只有一两台印刷机的小作坊，缺乏规模较大的印刷厂。程德万于是决定收掉其他业务，集中资金和精力投资印刷厂。

为了扩大生产规模，程德万专门从德国进口了最先进的大型印刷机、书籍装订机等，专心致志地经营起印刷厂。由于设备和生产规模上的优势，程德万很快就将自己的印刷厂与其他的小印刷厂区分开来，成为当地最具竞争实力的印刷厂之一。印刷厂也因此接到了许多大公司的订单，如贝尔公司的中文印务、《世界日报》的电话簿、《明报》每星期的杂志和其他各种类型的书籍。

1996年，致丰更购进了最先进的设计计算机，为各类书籍、杂志设计封面、排版，业务量持续上升。高峰期时，致丰几乎每天都有一本杂志出品。如今的致丰印刷公司已成为加拿大最大的华人印刷公司。

为了顺应公司的发展需求，2005年，程德万成立Asian E-tel公司，一家专营中文电话黄页和网站的公司。2006年，程德万开创《亚洲美食》杂志，专门介绍亚洲美食。同年4月份，他开创了另一本中文高尔夫杂志。

2007年，程德万决定扩大公司业务范围，将报业也囊括其中，同时开拓网上报纸打印业务。同样的，在两年的时间内，企业成为多伦多最大的网上商业打印公司之一。

2008年和2010年，程德万的公司获得加拿大印刷出版100强，成为唯一一家获此殊荣的华人印刷出版商。而程德万自己也连续三年被评为加拿大优秀印刷出版100人，成为加拿大华人印刷出版业的标杆。

从1971年至今，程德万在异域他乡已生活了40多个年头，有着幸福美满的家庭，一个在背后默默支持自己的贤妻，两子一女也都事业有成。但他从未忘记自己最初开始的地方，也从未忘记自己的华人身份。无论是从一开始的致丰印刷，还是到后来的Asian E-tel和Asian Gourmet，程德万始终致力于华人文化的传播，以一个炎黄子孙的身份，为祖国做出力所能及的贡献。

第二章 金融骄子

内地金融业在市场化改革及对外开放中飞速发展，何俊龙、夏南、叶其昌、余杨、张逸群凭借其开阔的视野、创新的理念，整合海内外的网络资源及社会资本，在金融市场纵横捭阖，报效祖国，推动创新型经济与科技的发展。

何俊龙
亿元美金并购案
轰动亚洲金融界

何俊龙，Sunburst Acquisitions V,Inc.（美国上市公司）主席、天富集团（国际）有限公司创始合伙人及集团主席、深圳市天弘泰富投资咨询有限公司创始合伙人、世界五邑商会永远名誉会长、广东省侨界海外留学归国人员协会荣誉会长、汨罗市人民政府荣誉市民、广州众展房地产有限公司创始合伙人、中山大学房地产EMBA同学会（中山大学房地产EMBA同学会众展土地交易平台）常务副会长、中山大学企业家校友联合会常务理事、香港创意产业及科技创新委员会金融创新服务中心主席、香港安老咨询委员会暨健康产业基金投资委员会主席。

名震亚洲金融界

何俊龙（祈龙）在香港金融业享有很高的声誉。曾获得加拿大Winnipeg大学荣誉学士学位、香港中文大学商业管理学士学位，被香港专业学会及香港证券经纪学会邀请为荣誉会员，在投资（外汇、期货、实业）、融资（股权、债权）、并购重组及企业上市等方面有着逾20年的经验，并在海内外实力投资群体、券商、律师、会计师、传媒、政府机构等社会各界建立了广泛的联系和良好的声誉，曾协助100多家企业客户实现投资、融资需求。

何俊龙曾任职群益证券（香港）有限公司及京华山一证券（香港）有限公司高级管理人，曾协助京华集团完成接手日本山一证券香港分公司近1亿美元的并购案，此举一时轰动了亚洲金融界。其后，他又为京华山一证券公司在香港开办了八间营业部。

完成资本累积后，何俊龙创办了自己的投资公司——信龙科研有限公司（Advance Tech Asia），专业研发网络股票交易平台，后成功在美国上市。同时，先后为多家互联网、科技、电讯公司进行上市私募、发行新股及债券，融资金额超过 1 亿美元。

内地的金融业在市场化改革及对外开放改革中不断飞速发展，何俊龙回到内地市场，凭借其开阔的视野、创新的理念，整合了海内外的资源网络及社会资本，推动创业新型经济模式与科技的发展，一举创立天弘泰富金融集团。天弘泰富金融集团是一家专注于资本市场的金融服务集团，主要业务领域包括从事股权投资及投资管理业务，以及为大中华地区的民营企业提供香港及海外上市、企业融资、合并收购及债务重组咨询顾问服务。集团辖下公司深圳市天弘泰富投资管理有限公司、广州稻谷基金管理有限公司均持有中国证券投资基金业协会颁发的私募投资基金管理人登记证明，具备募集发行基金的资质。集团拥有投资经验丰富的管理团队，目前在洽谈的项目涉及互联网信息科技、教育、生活服务、互联网金融等领域。已投资项目 6 个，项目目前估值已超10亿元，所持股份实现投资价值倍增。集团汇集中国大陆、香港、新加坡等优质金融资源，在私募股权投资、投资银行、资本管理等领域享有良好声誉。

商人的最高境界是回馈社会

在美国纳斯达克上市的中国企业中，相当比例的企业都是由海归创办运营的。海归作为具有高素质、高学历的人才，一直是我国人才红利的重要组成部分，亦是创业的核心引领者。北上广江浙等发达地区，纷纷把目光瞄向国际顶尖人才。在归国创业的过程中，何俊龙感受最深的是，在国家积极引导的大环境下，海归队伍的向心力及资源的延伸性大大增强，一些国外的先进理念值得带回来并且加以推广，但经济的价值可能更容易被社会所认可。海归是中国走出去的桥梁，有效连接国外与国内，帮助中国企业更好地走出去。

在何俊龙接触的大部分海外留学归国人员群体里，他们都有一样的地方：回国并不只是为了挣钱，海归对社会的贡献是全面的，他们都有一种服务社会的理念与心态。但同时，何俊龙也看到一些需要改进的地方。他认为，广州相比起上海、深圳等一线城市，政府提供的创业补贴还略欠吸引力，因而建议增加更多样化的学科项目创业研发经费，支持各地积极创立赋予海归一定优惠政策的商会组织，让更多的海归人员参与这些机构。这对海归扩大创业与发展的网络、认识新的合作伙伴、寻找和交流新的创业信息、建立新的社会关系都有着十分积极的意义。

“商人的最高境界是回馈社会”，祖籍广东开平的何俊龙，始终心系祖国，在创业的同时不忘慈善公益。他认为“落其实者思其树，饮其流者怀其源”，慈善亦是他另一项薪火相传的事业。多年来，何俊龙向中山大学、深圳狮子会、广东省侨界海归协会等机构捐资，用于抗洪救灾、关爱扶贫、一对一助学、兴建图书馆等慈善活动。2015年，何俊龙获中山大学房地产EMBA同学会颁发的突出贡献奖，同时被邀请加入广东省侨界海外留学归国人员协会，担任荣誉会长一职，更被世界五邑商会推选为永远名誉会长。

世界五邑商会对何俊龙给予了

高度的评价与肯定："何俊龙祖籍广东开平，是一位怀揣仁爱之心，襟怀宽广、懂得感恩、回报社会的优秀企业家，为家乡五邑与香港搭起沟通的桥梁，为家乡为香港做出巨大的贡献，是大家学习的好榜样。"

金融『学徒』玩转百亿基金

夏南

夏南，香港中文大学金融经济学“荣誉学士”，2006年获学校公派至美国哈佛大学留学，后获斯坦福大学金融工程学硕士学位。曾任职于广发证券投行部、招商银行广州分行投行与金融市场部总经理助理，后加盟广州基金汇垠澳丰，从此走上半打工半创业之路。

扎实学习与实干相结合

1985年，投资银行正式登上中国历史舞台，中国投资银行从无到有。在短短的30年里，中国投行伴随着中国证券市场而茁壮成长、迅速扩张。同是1985年，夏南出生。命运的巧合，让“夏南”这个名字注定与投行有着不可割断的联系。

2004年，夏南进入香港中文大学专修金融经济学。香港中文大学的经济学在亚洲学府排名第一，2016QS亚洲大学排名第八，世界大学排名第五十一。在校期间，除了专研主修课，夏南同时辅修心理学和西方政治学。由于成绩优异，表现颇佳，2006年秋季，夏南获得学校公派至美国哈佛大学留学资格。在哈佛大学留学的一年时间里，夏南主修高等数学（Senior Maths）和经济学（Economics），并取得综合成绩3.5/GPA。在这个金融领域发展最辉煌、最成熟的国度，夏南如饥似渴地汲取投行领域运作案例的精华。

“一分耕耘，一分收获”，夏南的勤学好问、认真执着收获了可人的成果——获得香港中文大学直升社会科学院社会学的研究生录取通知，并于2007年以“荣誉学士”提前毕业。

在美国留学时，金融行业的魅力深深地吸引着夏南，似乎有一股力量指引着她不断向前。毕业后，夏南毅然决然放弃香港中文大学社会学研究型研究生的录取名额，希望能尽早进入社会工作。如愿以偿步入社会，进入自己喜欢的领域工作，本应是一件快乐的事情，但在工作中，夏南渐渐发现，自身专业技能的深度、实战经验的力度、职业创造的广度都不足。因此，夏南做了一边在香港上班，一边通过在线教学修读斯坦福大学的金融工程的决定。导师是斯坦福大学金融工程系杰出教授Professor Edison Tse，跟随教授的步伐，夏南不断充实自己。她深深体会到泰戈尔说的“学习必须与实干相结合”的箴言。在实干中发现问题，在学习里探索解决问题的方法，然后再在实干中处理问题，消化解决方案，转化成为宝贵的从业经验。2009年，夏南顺利获得斯坦福大学颁发的Diploma金融工程学硕士学位。

在以后的职业生涯中，夏南越走越远，但是她始终坚持学习，不断给自己充电。2013年，已经在工作中崭露头角的夏南经广发证券股份有限公司董事长孙树明推荐，获得全额赞助就读厦门大学EMBA项目，并以“商学院综合排名第八”的优异成绩毕业。

“学习本无底，前进莫彷徨。”实干与学习，让夏南更有底气，　路前行。

投身投行领域，初露锋芒

以优异成绩从香港中文大学提前毕业的夏南，选择了广发证券投行部作为职业生涯的第一站。广发证券，作为国内首批综合类证券公司，一直稳居全国十大券商行列，是中国市场上具有较高影响力的证券公司之一。2009—2013年，夏南经历了资本市场部和投行部两个部门。这段时期，中国投行大规模重组规范发展，大举向国际迈步。夏南“非常荣幸见证了整个广发从优秀走向卓越的过程”，同时也积累下投行部众多优秀的同事朋友资源。事实证明，在随后的工作和生活中，广发证券的那段经历，给了夏南至关重要的支持和帮助，她不无自豪地表示：“从广发证券出来的每一位员工，在金融行业都有优于同辈的表现。”

夏南一直觉得自己十分幸运，“被老天眷顾”。2013年，机缘巧合，夏南被同业推荐到招商银行广州分行担任分行投行与金融市场部总经理助理一职，成为招商银行成立以来最年轻的总经理室成员。

在银行领导的支持和同事的帮助下，夏南成功运作了太安堂的定增项目，通过整合和统筹表内并购贷款、私人银行的定增产品代销以及资管部的杠杆型定增基金，一共为太安堂定增提供了8000万元的表内并购贷款，以及将近7亿元的表外融资，并成功获得企业16亿元的募集资金存放。太安堂定增项目打破了招商银行历史上最高的2000%存贷比纪录，作为经典写入招行对公案例。夏南也因此获得了总行的嘉奖。

太安堂定增项目完成以后，招商银行广州分行在资本市场业务上一路高歌猛进，设立了当时市场上第一个定增基金和并购基金，分别跟广州基金、中植产投和信达投资深度合作。

在外形上颇具优势的夏南拒绝做花瓶，凭借自己扎实的理论知识以及同事领导的帮助，在金融行业初露锋芒。但是，她却谦虚地表示：“这时正值银行理财资金大规模进军资本市场（尤其是A股）的起始，遇到行业的趋势，很多时候跟个人的智慧无关，只需要顺势而为。”

跨越：创业，向梦想靠近

在与广州基金合作的过程中，工作认真负责的夏南被客户挖掘，离开招行，加盟广州基金汇垠澳丰，从此走上了半打工半创业之路。

创业，是每一个金融从业人员的最终理想。之所以选择广州基金，夏南是这样想的：“我觉得自己是一个有自知之明的人，只有在大机构沉淀更多方得始终。而广州基金既有国有背景，同时也是一个新机构，新机构的一切都相当于是创业般的开始。”

从广州基金奋斗的开始，经历了一个百年一遇的大牛市，这为汇垠澳丰的启航开了一个非常重要的好头。尽管后来市场出现很大的波动，汇垠澳丰也都平稳过渡，为后续的稳健发展提供了重要的业务基础。仅一年半的时间，汇垠澳丰就实现从0到150亿元的管理规模，控制了3家上市公司和作为15家上市公司重要的策略二股东，被媒体誉为2015年“资本市场上最大的一匹黑马”。

从前台及业务人员的招聘、企业文化的建设到业务版图的开拓，夏南及其团队都是一步一个脚印走出来。在公司发展的过程中，身为一名管理者，她却时时刻刻以“学徒”的姿态，“观摩集团领导和公司领导过人的智慧和胆量以及做法”，学习—管理—运作，这样的创业经历让夏南“倍感幸运”。

作为一名管理者，夏南常常跟团队说：“现代的金融市场，能够决定一个人走多远走多好的，恰恰不像政府部门，是你的领导、你的上级，而是你的同辈、你的平级同事，甚至是你的部下。在新型的社会关系里，是否能够成为团队的灵魂人物，是否能够团结你身边的能人，是否能给你的团队带来正面的能量和信号，将是一个人职业中决定性的能力。”基于这样的理念，夏南非常热爱她的工作、她的同事，并珍惜她的团队。

爱笑的女孩运气不会太差，夏南自认为“被老天一如既往地眷顾”。但是幸运是机会的影子，努力才是最大的运气。从学习到工作，夏南一直顺风顺水，这与她的刻苦努力密不可分。同时，基于学习心理学和政治学的敏感，她善于把握机会。正如英国首相本杰明•迪斯雷利所说：“人生成功的秘诀是当好机会来临时，立刻抓住它。”

如今，中国的投行界并不缺乏像夏南这样的女性，如自称“投资界女侠”的曾玉、同创伟业的创始合伙人黄荔、敦煌网创始人“美女CEO”王树彤等。法国的启蒙思想家孟德斯鸠曾说：“最好把国务而不是家务交给女人；因为只要有机会，女人就会和男人一样有理性，有效率。通过抽象思维，通过计划行动，她最容易超越自己的性别。”此时，夏南正努力超越性别，跨越从前的自己，不断走在筑梦的路上。

侨乡私募基金的『开荒牛』

叶其昌

叶其昌，江门市建桥投资管理有限公司首席执行官、江门市侨商总会副会长、广东省海归协会创会理事、江门市海归人员发展联合会常务副会长、五邑大学及汕头大学MBA客座教授、江门市侨梦苑华侨华人创业创新发展基金管理人。他具有英国伦敦大学管理学博士学位、剑桥大学金融学硕士学位，曾在摩根士丹利资本国际担任副总裁，在汇丰银行、领盛投资等跨国机构担任基金经理，擅长金融投资。2015年底，叶其昌与数位剑桥大学校友回国成立江门市建桥投资管理有限公司，并成立了第一个以“侨”为主的PPP基金——江门市侨梦苑华侨华人创业创新发展基金。

出国学成十三载，归来甘为“开荒牛”

叶其昌，生于1979年，广东江门新会人。新会，古称冈州，地处珠江三角洲西南部的银洲湖畔、潭江下游，东南与中山、斗门相邻，西北与鹤山、开平、台山相接，扼粤西南之咽喉，据珠三角之要冲，自古以来一直是珠三角商贸、物资的集散地，也是历史上文风鼎盛之地，岭南大儒陈白沙、维新领袖梁启超、历史学家陈垣等均出自新会。新会也是我国著名的“第一侨乡”，大量的侨胞由此地出发，走出国门，走向世界，在这样的历史和人文背景熏陶下，叶其昌选择出国留学似乎是再自然不过的事。2002年，在汕头大学获得国际经济贸易学位后，叶其昌选择前往剑桥大学，攻读金融学硕士研究生。

即使在英国这所著名的“G5”超级精英大学里，叶其昌的光芒也难以被人掩盖。他在读研期间先后获得了英国政府硕博连读奖学金（ORS）和剑桥海外信托奖学金（Cambridge Overseas Trust），并多次在欧美杂志上发表论文，当中有三篇关于中国金融业绩效测算的论文发表于国际学术期刊。2007年，叶其昌参与汇丰银行海外并购研究，项目最后阶段从剑桥调回伦敦总部，并随剑桥导师挂靠于伦敦大学帝国学院。

2008年，叶其昌从伦敦大学博士毕业，进入英国领盛投资管理公司，担任基金经理一职。专业的知识背景让叶其昌在投资领域如鱼得水。到2012年，叶其昌已是摩根士丹利资本国际股权投资部的副总裁。这期间，叶其昌一直在香港居住和工作。作为中国对外开放的重要窗口，香港这颗位于珠江口的东方之珠，继纽约、伦敦后的世界第三大金融中心，不仅为叶其昌提供了开阔的国际视野和优越的发展环境，也让他看到对岸大陆日新月异的变化。

2015年，叶其昌感到时机成熟，毅然放弃了香港优越的发展环境，回到家乡江门创业。

在外的十几个春夏秋冬，叶其昌身居国外和香港，心中却时刻牵挂着故乡。“我一直关注家乡的发展动态，虽然对江门来说，私募基金是新鲜事物，但有很大的发展空间，我希望可以做‘开荒牛’去开拓这个市场。同时，适逢江门市‘引资引智’的政策，对人才引进除有资金奖励外，还配备了人才公寓、办公场地和海归优惠政策，这对我支持很大。”古之成大事者，必借助天时、地利、人和之势，国内经济的快速发展、政府的优惠政策、江门优良的地理位置、心中对家乡亲友的牵挂，让叶其昌明白，这是回归家乡的最佳时机。

创立“侨创基金”，助力家乡发展

2015年底，叶其昌与数位剑桥大学校友成立了江门市建桥投资管理有限公司，并担任首席执行官。公司的5位创始成员都具有世界500强企业的管理经验，且在各自领域颇有建树。江门市建桥投资管理有限公司虽是一家江门本地的资产管理公司，却按国际金融机构标准运营，充分发挥叶其昌团队丰富的专业知识和投资经验，为江门搭建一个规范专业的融资平台，助力江门企业，特别是高科技初创企业做大做强，走向世界。

在叶其昌及其团队的努力下，促成了江门第一个以“侨”为主的PPP基金——江门市侨梦苑华侨华人创业创新发展基金（简称“侨创基金”），叶其昌担任基金的管理人。“侨梦苑”是国务院侨务办公室和江门市政府联手合作、重点建设的侨商产业聚集区，110平方公里的国家级高新技术开发区，3240平方公里的大广海湾新区，本着凝聚侨心、汇集侨智、发挥侨力的初衷，为侨商高端产业和海外高层次人才搭建平台，意在吸引高端科技型侨商企业和具有知识产权的高新技术项目，为新一代华侨华人归国创业创新提供广袤的空间，让一百多年来数百万从江门走出去的侨胞侨眷，以另外一种形式回到故乡，与故乡连结在一起。

在叶其昌看来，基金兼备经济价值和社会价值，而江门身为中国的“第一侨乡”，各行业的发展很多都受益于海内外侨胞的支持，在引进华人华侨资金方面具有巨大优势，这是其他城市所不具备的，是江门所特有的优势，应当积极搭建专业融资平台，充分利用侨胞资金推动江门经济发展。而“侨创基金”就是这样一个平台，“将不同的行业串联在一起，将不同的资源整合在一起”，盘活当地的侨胞资金，打造资金交流大平台，减少企业寻找资金成本，实现资源配套，吸引创新创业人才和项目，推动企业创新和转型升级。

2016年是叶其昌回归江门的第二个年头，逐渐消逝的是游子在外的漂泊感，与日俱增的是对家乡的亲切和热忱盼望。如叶其昌所感，江门作为“中国第一侨乡”，上至政府，下至企业，对海外归国人才都表现出了开明的态度和海纳百川的胸怀，充分尊重文化差异，对海外归国人才关怀备至。以“双引双创”的指导思想及“引资引智”的政策为例，可以看出江门市首先鼓励海归人才发展自身，并积极提供相关扶持政策和服务，以实现人才赢、企业赢、社会赢的三赢局面。津贴支持、人才公寓、孵化基地和其他各种专门为海归人员量身定制的优惠政策都让海归们体会到家乡的温暖和政府的诚意。

最令叶其昌备受鼓舞的是，政府不仅提供了各种优惠政策，江门人社局、侨联、外侨局、海归协会等还对自己给予了多方面的关注和大力支持，让他深刻体会到江门对海外归国人才的诚意。“我刚从国外回来就受到江门市相关领导的重视并被委以重任，让我强烈感受到了家乡对我这样的海外游子的真诚和热情，有家乡血脉的情结为纽带、有开明开放的政策为基础，使我下定决心，投奔家乡的怀抱，把自身的发展和家乡的发展紧紧连在一起。”

余杨
让大众都可享受优质金融服务

余杨，本科毕业于西安交通大学经济和金融专业，获英国剑桥大学管理学硕士学位。曾在英国汽车制造公司工作，后回到香港，从事金融行业。被香港的一家家族基金聘用，成为该基金的联席董事。创建中国第一批互联网金融企业财加平台，为中国的中小企业提供资金支持和融资渠道。

海归美女辗转金融圈

2004年，余杨从西安交通大学经济和金融专业毕业后，赴英国攻读硕士，进入世界著名学府剑桥大学学习管理学。在英国的留学经历给了她很多感触，让她感受到了许多在中国传统教育中学习不到的东西，体会到主动学习和被动学习所带来的快乐是不一样的，明白了不同的教育方式对一个人的影响和改变有多巨大。

在剑桥大学取得硕士学位后，余杨进入了英国当地一家汽车制造公司工作。恰巧当时国内一家公司正与这家公司谈收购，准备兼并这家汽车制造公司，进入公司后，她开始进行海外收购兼并的相关工作。这是余杨接触金融，踏入金融行业的起点。

如果余杨的职业生涯就此继续下去，不出意外，她会在英国有一个不错的职业前景，但是工作两年后，她就做了一个大胆的决定，放弃留在英国，回国从事金融行业。

面对许多不解的声音，余杨依旧坚定自己的看法：从市场角度说，英国是一个传统的国家，各方面的发展速度都比不上今天国内的发展，英国可能会出现后劲不足的情况。因此，她毅然决然离开英国。

回到中国的余杨，将目光锁定世界第三大金融中心的香港，就是看中了香港是整个中国区金融行业发展最完善、体制最成熟的一个地区。她觉得，如果想要拥有非常好的金融基因的话，还是应该从香港开始。

到香港工作不到两年，由于工作能力出色，余杨被香港的一家家族基金挖角，成为该基金的联席董事，主要负责对外投资，考察投资项目是否能为公司带来经济效益。每年她经手的项目大概有200 ~ 300个，实地去考察的有100个左右。

所有公司的核心都是资金，这是余杨在考察项目的过程中发现的定律。在家族基金工作，为大型企业、优质企业提供资金的同时，她发现，中国不只有这些大型公司，还有很多的小企业，甚至个人都是优质的借款方，但是它们很难从其他渠道获得资金支持。中小企业融资难，是中国企业普遍遇到的问题，也成为制约中小企业发展的一个关键性因素。

有需求就有市场。与当年决定离开英国一样，余杨说干就干，自己出来创业，为中国的中小企业提供资金支持和融资渠道。

对于创业者而言，创业在任何时期都是非常艰难的。余杨迈出的这一步也充满了困难，但再大的困难也阻挡不了她前行的脚步。

在很多人眼中，余杨是一个不折不扣的“工作狂”：工作是她最大的爱好，几乎全年无休，把出差当旅行。连轴转的工作强度虽然累，但余杨觉得只有全情投入，把事做到极致才能成功。期间也有过痛苦的时刻，但余杨说这是创业者必须经历的。她把工作当成人生的乐趣，工作给她带来的快乐远多于痛苦。

搭建国内第一批互联网金融平台

2013年4月，余杨创建的互联网金融平台——财加平台（简称“财加”）正式上线。那是中国互联网金融平台刚刚兴起的时候，余杨赶上了中国互联网金融发展的浪潮。财加的发展几乎见证了国内互联网金融从初见雏形到蓬勃壮大的历程。

正是因为余杨的专注和坚持，把所有时间奉献给工作，奉献给金融，在她的带领下，财加成为中国第一批互联网金融企业。

在过去的三年里，财加平台交易量突破了50亿元，公司的规模也从当初30人不到扩大到了1600人。2015年10月，财加作为第一家互联网金融企业成功登陆香港资本市场，股票名称为太平洋实业。

2016年8月，财加成功被中国四大资产管理公司之一——中国华融资产管理公司收购，成为央企中的一员。

余杨认为，国家是非常支持互联网金融行业的。之所以有那么多企业愿意进入这个行业，一定是看到它的良好前景。现在整个行业经过几年的发展，正处于大浪淘沙的过程，最终留在这个行业的企业，一定是这个行业的金子。余杨说，如何把传统金融行业的金融基因移植到互联网上，对

行业发展是最为重要的。同时，她也希望，未来这个行业是一个严肃的行业，它的形式可以轻松、活泼、多样化，但是根基一定要非常严肃。

对于创业者来说，公司都是自己的孩子。创业取得阶段性的成功，虽然给余杨带来了成就感，但是她说 :“我知道未来要做的事情还很多，要实现的东西还很多。每一天我都在鞭策自己，不断寻找着我们跟行业以及社会的差距，希望用这种力量推动我们前进，做得更好。”

余杨说，她的理想是成为一个对社会有贡献的人，成为一个有价值的人。而对于身处互联网金融行业的她来说，最直接的体现就是让所有普罗大众都享受到严谨、优质的金融服务。

事情要做『小』 视野要做『大』

张逸群

张逸群，90后海归创业者。毕业于英国最顶尖的商学院巴斯大学，获会计金融双学位。回国后进入大型跨国集团工作，曾负责食品、教育、房地产、大健康医疗、O2O电商等项目。目前自己创业的同时，还在金融领域接触多家机构，筹划资本市场的运作。

不愿只是花瓶

1993年出生的张逸群在上海长大，从小在西方体制教育的环境下成长。2010年，17岁的张逸群进入英国最顶尖的商学院巴斯大学学习会计与金融。大学期间，曾任巴斯大学现代舞蹈社团副团长，负责安排社员参加舞蹈课程、进行演出、带领团队参加比赛，并获得奖项。在这一过程中，张逸群的团队精神得到了锻炼，她学会了作为行动楷模，应如何为团队带来活力和指导方向。任巴斯大学CSSA社团外联部主席时，每个活动，从项目策划、营销推销、活动地点商榷到成功举办，每一个细节她都亲力亲为，并有幸请到英国布里斯托市市长参加。任职期间，张逸群成功吸纳了近2000名CSSA社团成员，从赞助商处共集资了3000英镑经费，与全英25家公司建立了长远合作关系。除了协调与组织能力得到提升，她还收获了如何保持坚定的信念和在团队中树立威信，通过有效的跨文化沟通技巧获得他人的认同和支持，使项目顺利实施。

由于自小成绩优秀、表现突出，张逸群曾连跳两级，20岁就荣获会计金融双学位，并辅修心理学。回国后，因其出挑的形象和气质，模特演艺圈曾屡次向她抛出橄榄枝，但张逸群坚持自己的梦想，没有选择这条看上去光鲜亮丽的道路。

以人为本，不忘初心

2014年张逸群在一个商业活动中崭露头角，被活动主办集团董事长邀请担任董事长助理，全面参与公司运作和管理，先后负责食品、教育、房地产、大健康医疗、O2O电商等项目进展及融资工作，组织团队进行投资分析、财务预测及项目计划，与国内外VC/PE、投行等金融机构谈判接洽，陪同重要客户进行深度项目考察，建立管理公司项目资料库，协助尽职调查，在法务及财务测算方面进行深层次的辅助统筹工作，协商并签署了数十份有效的NDA及MOU，其中一个项目首轮成功融得3000万美元。

在双创大潮中，海归是勇立潮头的力量，是联接内外的桥梁，近年来在国家政策感召下，归国创业人员越来越多，创业范围越来越广。2015年年底，在互联网O2O的热潮下，作为90后海归的张逸群也义无反顾地投入其中。创业过程虽然经历了初创者都会经历的挫折和艰辛，但也收获了很多的认可和支持。张逸群说："从政府提供的海归创新创业政策及国内的创新创业人环境来看，中国更加注重创业氛围的营造，尊重创业，鼓励创新，宽容失败，无论是坚持还是改变，大家创业的激情不变，恒心不变；市场则更加注重诚信体系建设，使好的产品令人信服，有好的市场、好的回报，低劣产品则无立足之地。我们高兴地看到海归创业项目与国际间发展同步性越来越强，在推动经济发展以及社会进步方面影响力不断扩张。"

在这样的创新创业环境下，张逸群充分利用政策优势，结合孵化器平台，多渠道拓展人脉，资源共享，助力公司快速成长。从选择合伙人、商业模式、创业地点，到公司短长期发展的规章制度、策略实施、商业计划、财务测算、员工薪资、产品设计，再到对源头及生产线的把控、品牌定位、市场推广等，她都亲力亲为，拓展线上线下的销售渠道，洽谈商业合作和活动运营，确保每一个环节都尽善尽美。

事情要做到“小”，但视野要做到“大”。自己创业的同时，张逸群还在金融领域接触多家VC，筹备资本市场的运作。“不得不说，创业初期需要非常强的执行力和恒心，只有不断去定下一个具体而坚定的目标，才能带着自己的团队在巴别塔之路上继续前行；但是创业更需要热情和爱意，对这个行业的热爱，对团队的责任感，对未来之路的希冀都将成为我们梦想的羽翼，为我们加持。”

张逸群经常对公司团队说八个字：“以人为本，不忘初心。”她希望用这八个字，与千千万万同在创业道路上努力的海归兄弟姐妹们共勉。

第三章 创业翘楚

因为创业激情，他们从TMT、教育、文化等不同行业聚拢而来。把握世界科技进步方向，认清全球产业变革趋势，黄伟强、李子平、武凯、徐晓光、杨凯、张海波、邹建东，朝着同样炽热的目标，行进在路上。

黄伟强
专注海归综合型社交服务平台

黄伟强，综合型社交服务平台“厦门海归之家”创始人、厦门市侨联新侨人才联谊会秘书长、厦门市留学生联谊会副秘书长、英国福建华商总会副会长、全英学联骨干、英国华威学联主席。本科毕业于英国萨塞克斯（SUSSEX）大学，获华威大学硕士学位。本科期间创立“Brighton华人论坛”，开发了防密码偷窥技术，并获得该项技术专利，硕士期间创立英国华人出租车公司。

大学开始创业，毕业设计获专利

1990年，黄伟强生于福建泉州。2008年，从厦门英才学校高中毕业后，黄伟强前往北京新英才学校剑桥国际中心读一年大学预科。2009年，拿到英国萨塞克斯大学的一等奖学金后，黄伟强赴英国开始了自己的留学生活。萨塞克斯大学坐落在离伦敦最近的港口城市布莱顿，和厦门一样，有阳光、沙滩和大海。

在准备出发去英国的前三天，黄伟强打球扭伤了脚。他就这样一瘸一拐地走进国际出发登机口。后来他才明白，父母看着自己这样的背影，该是多么的揪心和不舍。

因为从小独立，黄伟强到英国没有联系接机，也没有麻烦别人。到了伦敦就自己找大巴到学校所在的城市，到了城市就找公交到学校，“我当时算好了上午5点到伦敦，怎么的下午5点也能到我的学校吧”。

黄伟强热衷于课外活动，在国内上学时就活跃在各个社团中，喜欢参与组织，参与奉献，参与工作。正是有这样的经历，让他当上了萨塞克斯大学的学联主席，并且连任两年。

在这两年时间里，黄伟强深刻了解到英国大学的学联与国内的学生会不同，它没有团和党的庇护，校方能给予的支持也少之又少。因校方支持少，学联开展活动的经费必须靠学生自己去争取。至今黄伟强依然清楚地记得第一次到餐馆拉赞助的情景，懵懂的他不知道如何向餐馆开口，心想也许跟老板混熟一点就方便开口了，于是他主动申请了这家餐馆厨师助手的工作，并很顺利地被派去洗碗。每天从中午11：30忙到晚上11：30，手泡着，腰弯着……几天的经历让他终生难忘。在这过程中，黄伟强了解到拉赞助的精髓，同时也是商业合作的精髓，即互利共赢。这些经历为他日后回国创业起到非常重要的作用。

萨塞克斯大学的学联就像是这个城市的中国留学生的后盾，关注、帮助着留学生们的方方面面。在大学担任学联主席、服务留学生的时候，黄伟强发现，拥有自己的门户网站、自己的论坛非常必要，否则就连一则租房的信息都要挂在QQ群空间，很不方便。由于学联新成立，没有基金，他就自学4个星期做论坛的技术，摸索着做了一个学联的论坛“Brighton华人论坛”（www.chinesebrighton.com）。通过学联平台的推广，论坛在布莱顿开始火了。论坛可以通过广告、信息推广等方式为学联盈利，来维持学联的日常运转开支。这可以算是黄伟强的第一次创业。

由于在大学学联工作中的突出表现，以及较强的拉赞助能力，黄伟强成功竞选了全英中国学生学者联谊会的外联部部长。在不断的学习和实践中，他领悟和积累了一套自己的商业准则：跟老百姓谈钱，我们要保证质量；跟老板们谈钱，我们要走心。

黄伟强本科专业学的是产品设计，在做本科毕业论文的研究时，他不希望花一年的时间去设计一个不同的杯子或是水龙头之类的生活用品、小玩具。黄伟强留意到，人们在输入密码的时候总是需要用手去捂住键盘，也就是说，“人们输入密码时的密码防偷窥保护”是一个很需要提高的地方。于是他选择了“密码防偷窥的解决办法”这个课题。选择这个课题是一件冒险的事，这意味着黄伟强选择了一条可能毕不了业的道路。因为是本科，如果设计不出来成果，就交不了作业，不像硕士或者博士，还可以说“we can't find any better solution for it”。

幸运的是，黄伟强找到了答案。借着这个发明，他不仅成功毕业，还获得了一项关于密码防偷窥的技术专利。他同时带领同学们参加2013年全英高层次人才大赛并获得了第四名的好成绩。

“当时，我怀着一个梦想，我希望有一天，我可以让人们大大方方地输入密码，而不用担心别人的窥视。”如今，他们的技术已经可以做到，即使别人在相同的时间用相同的视角窥视用户的整个密码输入过程，也无法得知用户的密码。

本科毕业后，黄伟强进入华威大学攻读硕士。华威大学是英国顶尖研究型学府，世界五十强名校，以其世界级高水准的学术研究和教学质量而闻名，与剑桥大学、牛津大学并称为英国综合性大学中的三强。在这里，他认识了一名非常有名的学长，该学长有较强的计算机专业背景，也花了很长时间摸索英国出租车市场。于是他们一起创立了英国华人出租车公司。学长擅长技术和管理，黄伟强擅长市场和客服，就这样他们分工明确地干了起来。这是黄伟强的第二次创业。如今，英国华人出租车公司的出租车已经占有了华威大学70%的华人市场。

搭建政府、侨联与海归之间的桥梁

硕士毕业后，黄伟强选择回国。他拎着行李回到了厦门，牟足了劲要创业。

那年，他刚离开全英学联，幸运地当选为英国福建华商总会副会长，顺利完成了从学校到社会、从学生到创业者的转变。

当时黄伟强同时做着两件事：一是利用在英国学联工作的经验，做一个全英国的华人论坛，类似于英国版的“58同城”；另一个是继续发展他们的防偷窥密码技术，做成手机应用，让大家的智能手机锁都能做到防偷窥。但经过了3个月的探索和准备，黄伟强却走上了另外一条创业道路——创立“厦门海归之家”，这一专注于海归人群的综合型社交服务平台。

这一项目同样源于黄伟强偶然的发现。他了解到，留学生在国外或多或少会遇到不同的困难，会有不同的需要。而海归，是长期在海外生活的同胞回到了国内，有点像是外国人来到中国，同样会遇到不同的困难，会有不同的需求，但是却往往被人忽略。海归同样需要平台，需要关注，需要帮助。在这样刚需的背景下，黄伟强结合自己丰富的社团组织经验、服务留学生的经验、互联网创业的经验，搭建了“厦门海归之家”这一专注于海归的综合型社交服务平台。它的潜力和意义，都让黄伟强专注其中，全心全意打造这个平台。

基于准确的市场定位和刚需背景，厦门海归之家越做越大。目前，厦门海归之家已拥有会员近3000名，成为政府、侨联与海归之间的桥梁。每年，厦门海归之家为海归举办上百场活动，在生活、工作、创业、社交四个方面帮助海归，使他们能更快地适应国内环境，更好地发挥自己的潜力，选择更适宜的成长方向。

作为一名海归同时也服务海归的创业者，黄伟强深刻感受到国内的创业环境很有发展潜力和空间，只是海归归国后面临的不仅仅只是土壤是否肥沃的问题，还面临着能否很好地挖掘这片土壤以及能否适应这片土壤的问题。大部分海归刚归国，都会出现“水土不服”的情况，面临着人脉、资源短缺等问题。虽然政府和各类海归协会做了很多努力帮助他们，但依然有很多海归归国后不知何去何从。他们找不到组织，组织也找不到他们。而这正是黄伟强努力打造海归之家平台的出发点。平台以生活服务为入口，解决海归归国后的最基础需求；以工作为起点，帮助海归寻找适宜他们的成长土壤；以创业辅导为支撑，帮助有实力、有能力，以及成长、成熟的海归寻找属于自己的天空；以社交为依托，让海归能够在各个层面，不管遇到什么样的困难都能相互扶持相互帮助，成为彼此的寄托和依靠。

“我们将努力解决海归从0到0.1的这一小段旅程，努力让政府的政策为更多海归所知道，更好地应用，也让他们更好地适应中国的创业环境，更好地发挥自己的潜能。”

厦门海归之家从创立至今，有一句话始终放在最醒目的位置：“我们不求高大上，我们不为名远扬，我们只想共建海归之家的温暖。”这是黄伟强创立海归之家第一天写在这段旅程起点的一句话，至今仍伴随其左右，这也是他和他创造的平台与别人的不同之处，它是暖心的、有亲和力的，同时也是能引起共鸣的。

黄伟强就是这样坚持着，不忘初心，奉献自己，服务他人。他明白有些事必须通过平台来实现，而创立平台总要比别人付出更多，即使创立初期的两年十分艰难，他也从未放弃，一次次迎难而上，因为平台的意义就在于：成就别人，成就自己。“若能成功打造一个海归帮助海归的平台，我此生无憾。”黄伟强说着，眼神里充满了信心与期待。

李子平

构建海归精英与科创CEO的人才联盟

李子平，美国亚利桑那州立大学硕士，毕业后回国创业，开创国内首个3D网址导航——3D岛，海商汇创始人&CEO、海豚湾（沪上最大海归交流平台）创始人&CEO、上海户外俱乐部（海帆）创始人，资深社群运营达人，专注于社群经济研究和实践。

投身互联网创业

时光回到10年前，李子平应该还徜徉在美国亚利桑那州立大学，主攻芯片设计，并以接近满分的成绩毕业，保送硕士。但他觉得芯片设计似乎有些“boring”，他所向往的是涉足更有影响力的事情。当时，国内互联网发展正热，李子平想或许毕业了可以选择回国，在自己的国家通过互联网影响更多的人，实现更大的人生价值。

由于芯片设计与互联网的联系不多，回国后的李子平没有急迫地确定自己的创业项目，而是沉下心来给自己充电，夯实基础。他进入企业工作，主要负责液晶屏产品的欧美市场销售业务管理工作。了解市场，学习销售，研究技术，他就这样沉淀了一年多。

2010年，卡梅隆的《阿凡达》缔造出奇迹，其带来的3D超震撼效果，三维度的时空探索也给李子平的创业带来灵感，“3D行业正值蓝海，或许我也可以利用3D理念使互联网的用户看到更立体的东西，通过3D效果的展现帮助人们更多角度地看问题”。

职业前景良好的李子平放弃液晶屏销售的工作，决定投身互联网，开始自主创业。“我追求的是人生的影响力，希望我的价值观能够影响更多的人。当时我觉得互联网是最有影响力的行业，能够更好地实现我的人生价值，所以决定从事互联网行业。”怀抱这样的理念，李子平开始了他的互联网创业生涯，创立了国内首个3D网址导航——3D岛。

最初，李子平对互联网编程一窍不通。他买来各式各样的编程书，在家苦读三个月，弄懂编程的理论知识，然后自己做模型，遇到不懂的地方就再继续看书。就这样，从最初不懂如何做网站，到独自完成网址导航网站3D岛的初步编程工作。终于在2012年4月，呈现3D效果的网址导航——3D岛正式上线。

尽管3D岛网址导航在2012年4月份才上线，但李子平在2011年9月就创建了天衢网络科技公司。期间，他一人全职，独自管理公司运营及筹备网站上线。虽然初期运营全靠他个人出资，但他并没有急着去找投资，而是先做好产品。凭借自我学习所学到的运营方法——产品+渠道+客户，天衢网络科技在成立之初，即申请了近千个微博账号，账号涵盖星座、笑话、健康知识等多种类型。公司在初期就已将微博作为重要的推广渠道之一，通过发布活动、在线互动、私信问答等多种方式间接为3D岛进行宣传，积累了700万微博粉丝。

创立全国最大海归联盟

创业途中，李子平遇到了一群志同道合的同伴。他们从TMT、教育、文化等不同行业聚拢而来，只因都有类似的创业激情、相近的人生价值观，所以甘愿相互扶持、甘愿让队友更成功。他们可以毫无顾忌地分享成功的喜悦，分担创业的艰辛，他们都在路上，朝着同样炽热的目标，付出努力，享受过程，期待结果。他们有一个属于自己的名字——青创，李子平就是这个团体的联合创始人之一，每周、每月他都会组织、参加大小规模的会议、聚会等。就是这样一群青春的创业者，他们一起享受着青涩的创业过程，在这个集体中各自做着力所能及的事，如技术支持、推广指导、投资引荐、活动策划等。

李子平还通过微信平台，在短时间内集合了一大批海归和精英人士，并于2013年3月正式成立上海海豚湾海归组织（简称“海豚湾”）。海豚湾将会员们分成不同的群，每个群特色不同，有爱好群：桌球，羽毛球，话剧，星座等；有生活群：美食，下午茶，运动，户外等；有事业群：创投，猎头，地产，商业……会员可根据自己的需求加入多个群体。海豚湾每周甚至每天都会组织各种活动，通过微信将活动信息发给大家。

海豚湾是一个以凝聚一批有思想、讲原则、愿交流、守承诺、能感恩的新英群体为宗旨的物质文化俱乐部，拥有一批像海豚一样善良、团结、勇敢、机智的“新英群体”，致力于打造一个覆盖新英们生活中对物质与精神各方面需求的生态圈平台。通过这样的平台，将志同道合的朋友聚集一起，让新英群体们找到归属感，扩展社交圈，努力解决他们在工作和生活中的问题与需求。海豚湾如今是微信上最大的俱乐部媒体，为上海10万海归、全国100万海归和社会各界的新英人士提供线上线下的交流平台，提供工作中的需求与合作机会，提供生活中的娱乐休闲活动。

如今在社会上有一大批新英人士单调乏味地生活和工作着，他们需要更多生活中的朋友和娱乐、工作中的机会。海豚湾致力于打造这样的平台：在一个强有力的大团体中找到三观相近的朋友，得到一个可信可靠的内部力量的支持。在众多上海海归和社会各界的支持下，海豚湾迅速发展着，将把市场推广到全球。

海豚湾还有明确的发展规划。第一阶段：汇集上海所有的新英海归，约10万人；第二阶段：全国范围扩展，新英海归约110万人；第三阶段：全球范围扩张，集合留学国外的新英人群，以伦敦为首发站。

2016年年初，作为海豚湾创始人的李子平联合全国20多个核心城市的海归领袖，共同发起的致力于服务全国海归的平台——海商汇在上海成立。海商汇未来会大力推进海归创业大赛、海归招聘会等全国性项目，利用各地方资源，实现各地城市的资源互通有无，真正做到为海归服务。海商汇将成为上海乃至全国、海归圈乃至整个创业圈的一个资源集聚地、人才汇聚地。海商汇是目前全国最大的海归联盟，覆盖了全国20个一二线城市。目前，海商汇正致力于“科创精英人才思想政策”研究，响应当下习近平主席对我国人才重视的主体思想，先后在上海、杭州、南京等城市成功举办了多次“全球科创精英人才CEO大会”，为精英人才提供了一个展示自己、证明自己的平台。

海商汇创始人李子平说，海商汇是华人海归精英与全球科创CEO的人才联盟，是联合了全球60多个核心城市的海归领袖和创业精英的联盟组织，是引领国际发展趋势、响应国家战略号召的平台组织，将凝聚、培养、投资科技型和创新型创业企业CEO为己任，牢牢把握世界科技进步大方向、全球产业变革大趋势、集聚人才大举措，努力在推进科技创新、实施创新驱动发展战略方面为国家和社会贡献力量。目前海商汇已经凝聚了超过50万的华人海归精英和全球科创CEO。

『优创空间』助力跨国科技企业发展

武凯

武凯，深圳市凯筑建筑设计有限公司总经理、深圳市同兴项目开发管理有限公司总经理、深圳市优创空间投资发展有限公司董事长、广东省海外归国留学人员协会副会长、深圳市海外归国留学人员协会副会长、大中华海归协会副会长、深圳市宝安区工商联（总商会）副会长、深圳市宝安中德产业发展合作联盟秘书长兼副会长、深圳市湖北商会常务理事，华中科技大学深圳建筑校友会副秘书长。

厚积薄发，开拓建筑平台型企业

武凯生于湖北武汉，2001年8月，从华中科技大学建筑系本科毕业后，武凯留学德国德累斯顿工业大学（TU-Dresden）建筑系，攻读城市规划硕士。2003年，他带领建筑系的院长、教授及同学一行来中国上海考察，并与中国最大的设计机构上海现代集团对接。2004—2005年间，他参与德国多家设计事务所的项目；2006年硕士毕业后，武凯加入德国建筑师协会医疗建筑分会中国项目组，在法兰克福总部负责协会中国区的项目；2008年回到深圳，管理德国科隆最大的建筑工程公司（SIC）中国区的项目部门；2010年开始攻读德国德累斯顿工业大学医疗与健康建筑专业，师从德国前建设部总设计师、建设部副部长柯内力教授（Prof.Korneli）。

在管理德国公司的三年间，武凯积累了一定经验，并开始独立创业，创建深圳市凯筑建筑设计有限公司，主要从事环保节能建筑、养老建筑、建筑工业化方面的设计工作，参与了众多国际建筑大赛并获得许多奖项，同时使得一部分项目得以实施。

2014年，依托建筑设计专业背景，武凯联合建筑造价咨询、建筑招投标、建筑施工和建筑工程管理的合伙人，一起组建深圳市同兴项目开发管理有限公司，将其打造成一个各子公司可独立发展、共同组合又可完成大型项目的平台型企业。对于建筑业发展的思考，最终促使他们向更广阔的领域拓展。

2015年，公司与两家上市公司及深圳市海归投控发起并共同成立深圳市优创空间投资发展有限公司（简称“优创空间”），这是在响应李克强总理“大众创业、万众创新”，顺应行业发展趋势的背景下成立的创业投资及运营服务机构。目前总计投入5000万元，对24000平方米的物业改造工程已完工，并已于2016年4月26日盛大开园。

优创空间是面向优秀青年的创新创业综合服务平台，主要致力于早期阶段投资并提供全方位的创业服务，旨在培育高科技企业和企业家。通过与深圳市海外留学归国人才协会联合打造深圳市海归协会宝安创业基地、深圳市侨界青年创新基地，引进国外先进创业孵化理念和模式，搭建国际创新创业合作平台，开拓国际资源合作业务，促进跨国科技企业孵化能力。

优创空间是服务于青年群体的创业、工作和生活的生态圈，不仅能为创业者提供一站式的办公、居住、交流、培训、融资、导师、人才、技术、展示、管家等平台，还首创全天候24小时不间断创业空间新模式，为创业者提供优质的工作环境、创业氛围和孵化服务，同时创造家的感觉，是创业者寻找创业帮助、实现青春梦想的生态系统，是深圳创新创业思想保持活跃，极具创新活力、孕育无限希望的聚集地。优创空间立足科技创新领域，主要投资方向为O2O、移动互联网、新能源新材料、智能硬件、数字娱乐、在线教育、云计算、电子商务等。

首期项目落地于深圳市宝安尖岗山片区，受到宝安区政府的高度重视与大力支持，列为宝安区重点支持项目，是宝安区“宝安创客基地”“公益企业孵化器”。优创空间总规划是50000平方米，目前已投入1期运营面积8500平方米，功能分为创业咖啡厅、书吧、创意集市、创客工作室、团队创业间、创客太空舱、公共办公区、多功能会议室、特色餐厅、健身房、露天清吧、休闲花园等。社区全面采用绿色智能节能环保建筑，最大限度地节约资源（节能、节地、节水、节材）、保护环境和减少污染，为创业者提供健康、适用和高效的使用空间，与自然和谐共生。

目前，已有近80多支创业团队入驻优创空间，近一半都是海归人员创办的企业和创新团队。园区开展了多次创新创业活动，项目得到各级领导关心和重视。

从回国工作到自己创业，武凯经历颇多。他认为，近几年政府高度重视海归人才，不断从政策层面提升对海归人才的支持与帮扶，对已回国的莘莘学子是一个实实在在的福音，同时也影响着大量在海外工作和学习的学生、学者。这些在国内发展得越来越好的归侨们，不断地将更多更新的信息带向了他们昔日工作学习的国家地区，在更大范围内传递着中国创新创业的正能量，让广大华人更加有骨气、有底气，也让更多国外人才向往来中国发展，为中国的不断腾飞注入更多更强大的动力。“希望我们的祖国能成为持续不断吸引国际人才的聚集地，实现我们向往的中国梦。”

发挥优秀海外归国人员集聚效应

徐晓光

徐晓光，获英国华威大学学士学位、英国华威商学院硕士学位。90后海归创业者，现担任宁夏西部云基地科技有限公司BD Manager、宁夏海外留学归国人员协会会长。

徐晓光是90后一代青年海归创业者的代表人物。

1990年出生的徐晓光是宁夏人，虽地处偏远的西北内陆，却没有阻挡他越过大洋走向世界的决心。2008年徐晓光开始赴英国留学，留学七年间先后完成了高中预科、高中、本科及硕士学位。本科就读于英国华威大学经济系，主修经济金融、宏观经济、微观经济、经济计量学。毕业后继续攻读英国华威商学院商务金融财会系硕士，主修公司金融、金融会计、管理会计、市场营销，并获得入学奖学金。

早在攻读硕士期间，徐晓光就担任宁夏海外留学归国人员协会（简称"宁夏海归协会"）会长一职，负责制定协会发展目标，对接政府相关职能部门、协会业务往来的相关企事业单位及社会组织。任职期间，他成功发起并完成了全国第一家省一级海归协会——宁夏海外留学归国人员协会的注册，发展了协会内成员700多名，组织商务会谈、创业讲座、红酒品鉴等大小活动10余场，为当地企事业单位输送人才30余位。

硕士毕业后，徐晓光选择回国发展。他回到宁夏，进入宁夏西部云基地科技有限公司，担任BD Manager一职，具体负责对外商谈、接待、翻译、政府关系维护等工作。任职期间，他协助公司为宁夏成功引入世界公有云服务提供商龙头企业——AWS公司，并在此建造AWS全球化部署的第十二个超大型数据中心，投资共计150亿元。

徐晓光认为，随着国家提出"大众创业，万众创新"口号，我国迎来了万民创业的高潮。全国范围内，自上到下颁布了很多开明、具有实质性意义的措施，鼓励民众创业创新。全国各地孵化园、创业园崛起，集聚了很多杰出人才，带动了民众的创业热情，也启动和运作了数以万计的优秀项目。

宁夏地区虽然偏远，但创新创业气氛同样浓重，孵化园、创业园遍布，只是同质化现象比较突出；在政策的实施方面过于保守，对很多创新项目的支持力度不够，缺乏实质性帮扶；基于创新、创业的一站式服务尚不健全。

作为全国第一家省一级海归协会，宁夏海归协会为宁夏的归国人才和将要回国的留学生搭建了一个知识分享、创新创业、资源共享的平台，让海归和留学生在宁夏找到归属感。目前，宁夏海归协会已拥有在线会员700余名，组织创业论坛等活动10余场次。未来，宁夏海归协会将通过“海外英才回乡项目孵化园”“海外高层次人才智库”“国内外先进技术成果转移中心”三个平台，充分发挥国际化人才的集聚效应，使这个具有较高文化知识和技能水平的群体，影响并带动更多人的理念更新，激活经济增长，推动宁夏乃至全国经济的发展。

杨凯『名校收割机』催热『火聚』直播平台

杨凯，火聚App创始人。在北美华人留学生的圈子中，他有“名校收割机”之称——曾同时被哈佛、耶鲁、斯坦福、MIT、普林斯顿、伯克利六所大学录取。从哈佛大学毕业后，杨凯在华尔街投行做量化金融。为了做有趣的事，他放弃在华尔街的百万年薪，回国投身直播领域，与同学一起创立直播平台——火聚。

“名校收割机”

杨凯的留学之路始于高中时候的“不服气”。一名同学被美国塔夫茨（TUFTS）大学录取，一时反响热烈。他很疑惑，为什么同学要去美国读这个名不见经传的学校？当时已被复旦大学录取的杨凯，心里暗自决定，“我要考哈佛给你们看”。因此，到复旦之后，他开始琢磨如何考进哈佛，并为此做准备。他参加学长学姐考上美国名校的经验分享会，并向学校申请，从工商管理学专业转向比较容易申请美国名校的统计学，然而他的申请被学校拒绝了。杨凯决定离开复旦，先进入美国的教育体制，再申请哈佛。然而他的计划落空了，因准备时间仓促，加上转校申请不受美国大学欢迎，当时他所申请的美国大学一所都没有录取他，但仍幸运地被多伦多大学录取了。

被美国名校拒绝的经历，让一向不服输的杨凯更加不服气，读名校证明自己的信念也更为强烈。进入多伦多大学，他发奋到了极点，每天学习13个小时，周末不休，“就是憋了一口气要证明给世人看我说了什么就能做到什么”。结果是，40门课当中20门课都考了100分，剩下的20门平均97分，以学院第一名的成绩毕业，同时被哈佛、耶鲁、斯坦福、MIT、普林斯顿、伯克利六所大学录取，让周围的同学惊讶不已。

终于如愿进入哈佛大学学习的杨凯，选了自己在复旦大学时想转却没成功的统计学专业，也有了到哈佛商学院学习的机会。他跟着教授上课、做项目、研究课题，把案例中的著名企业家请到教室，讲述创业时遇到的困难、问题及解决办法，也分析发展过程中失败的原因。这段学习经历开阔了他的视野，杨凯第一次意识到，除了进入投行、咨询公司工作，规划“令人羡慕”的职业发展之外，还有人做着更牛且有趣的事。

和有趣的人做有趣的事

哈佛毕业之后，杨凯决定先去华尔街投行做量化金融。在华尔街投行两年的工作经历让杨凯对西方金融体系的投融资环境、投资策略等十分了解，同时对国内的创新环境也有了深刻的体会。但由于美国金融业存在的诸多限制，他深感编写程序测试投资策略实在不适合自己外向开朗的性格。杨凯渐渐发现，他在逐渐背离自己的天性和偏离自己择业的初心——有趣。加之工作调动，频繁搬家，与朋友关系渐渐疏远，难以找到归属感。虽然那时杨凯已取得工作签证，公司也同意帮他申请绿卡，但他还是选择放弃一切，毅然回国，过自己想要的生活，同时期待邂逅一份“有趣”的事业。

从前在复旦大学时的室友杨凡正在做一个类似“周末去哪儿”的活动发布平台，得知杨凯回国，想找他给一些项目投融资方面的意见。帮老同学重新梳理项目架构的三个月当中，随着对项目的深入思考，杨凯渐渐对项目产生了很大的兴趣。此外，早年在华尔街投行的工作经验让杨凯对用户大数据的积累分析、精准推荐和优化客户体验有更深刻的了解，这也让他看到了这个项目的巨大商业前景。同时，在华尔街投行的经历使得杨凯对如何实现差异化竞争、建立商业壁垒以及团队建设和公司文化等问题也有了切实的理解。

“为什么不和有趣之人共同做一件有趣之事”，这个问题在杨凯心里盘旋已久。如果能用“直播”改变年轻人吃喝玩乐方式不失为一件有趣的事，杨凯下定决心一起做“火聚”这个项目。做投资人时，他见过很多的创业项目和创业团队，让他更深刻地领悟到什么样的团队是有生命力的，而什么样的团队没有。每一个成功的案例都是他学习的财富，每一个失败的案例都带给他深刻的反思。

2016年网络直播以一种燎原之势强烈地冲击着国内媒体行业，新兴直播平台的崛起，传统视频行业大佬的强势进攻，直接促使直播之战进入了一个群雄逐鹿的战国时代。但纵览整个直播行业，大部分直播平台内容缺乏创新，质量水准低。如果想要在直播的混战中异军突起，内容是关键，“内容”这块大蛋糕成为各大直播平台的抢夺阵地。

而杨凯打造的火聚App，是中国第一款用直播推荐吃喝玩乐的活动组织软件，主打场景化、高质量的直播栏目。“火聚”的直播节目由经验丰富的北京电视台的团队策划，根据合作商家的需求和品牌定位，以及主播自身的特质，精心策划高质量、高娱乐性与互动性的直播节目，达到宣传合作商家的目的。

“火聚”直播平台从一开始就确立其发展战略目标，直击直播中社交功能不完善的行业痛点。受众在观看直播的同时，基于地理位置还可以通过火聚App找到与自己兴趣相同的人，一键组织参加商家活动，并获得一定的商家折扣，甚至可以赢得和主播一起直播的机会。火聚App不仅仅立足于制作直播内容，还最大程度上发挥直播的媒体社交功能，提高用户的黏性，使得“直播+”的倡导真正落到实处。此外，火聚App建立了自身特有的商业壁垒。平台通过帮助用户组织各种各样的活动来累积用户数据，并以此为依据做出精准推荐，帮助客户在之后的平台中找到各类兴趣群。同时，“火聚”架构了一套完美的盈利模式：向合作商家收取制作直播节目费用，并通过竞价排名方式获得额外收入，同时通过“主播打赏”收取一定比例的礼物提成。

张海波

深圳云计算行业推手

张海波，国内首家云计算协会——深圳市云计算产业协会创始人，深圳市大数据产业发展促进会创会副会长，深圳创客基地科技有限公司创始人。除此之外，张海波还担任中国侨联青年委员会第三届委员会委员、广东省侨界海外留学归国人员协会副会长、中国电子学会大数据专家委员会委员、中国城镇化促进会智能社会专业委员会副秘书长、深圳市智慧城市研究会副会长等职位。

内蒙小伙闯入云计算领域

21世纪初，日新月异的互联网技术改进了人们获取和分享信息的效率，如今已经进入云计算（Cloud Computing）大数据时代，新的科技浪潮正在全球卷起巨大的影响风暴。多年对开源软件的激情以及对未来科技发展行业的前瞻视野，让张海波看到了新科技时代的到来，云计算技术在全球俨然已形成一个改变科技的新产业，正对人们的生活产生深刻的影响。但是时下，政府及产业间急需一个沟通促进平台。因此，2009年，在亦师亦友的中科院倪光南院士的帮助和指导下，张海波结束了多年在科技公司的研发、运营管理工作，到改革开放的前哨站深圳创办了全国首个云计算产业协会——深圳市云计算产业协会，并担任创会副秘书长职务。通过云计算产业协会，张海波与广大业内人士交流分享自己对海内外先进网络技术的心得与对云计算未来发展前景的见解。通过深圳市政府与数百家科技公司交流，一步一个脚印，张海波践行“深圳云计算行业推手”的使命，大力推动云计算产业战略工作的全面开展。

创会以后，张海波积极参与、极力推进，把对云计算的未来发展在市场与政策之间宣传沟通，从科技产业园区的一隅之地到走出深圳，在全国各大城市成功策划并承办了各类大型云计算论坛活动、政府政策制定参议、国家超级计算机中心建设以及云计算市场应用等一系列的大小活动，积极开拓了深圳云计算大数据产业的发展。

“云计算”从诞生到现在不过短短10年时间，如今在国内已经得到国家的大力政策支持与推动，并延伸到各行各业应用。尽管亚马逊、Google、微软等外国企业来势凶猛，但中国的云计算依然展现出不甘人后的顽强生命力，即使是“BAT”三巨头，从目前来看，其技术能力和服务水平离用户的期望也仍有很大差距。因此，国家加快完善产业宏观发展环境，抓紧在云计算、物联网、生物、电子商务等关键领域研究出台一批重大产业政策。在这样的氛围与市场需求下，张海波接受中国电子学会大数据专家委员会、深圳市智慧城市研究会的邀请，以科技为轴心，殚精竭虑地为中国云计算产业化的发展贡献自己的力量。

对市场具有敏锐的洞察力，为自己坚持的事情全力以赴，决不放弃，这或许是张海波血液里与生俱来的“马背上的民族”的奋勇拼搏精神。张海波1979年出生于我国北疆内蒙古自治区，自小以一代天骄成吉思汗为偶像，内蒙古的沙水云草培育了张海波勇敢强悍、不屈不挠、互相尊重、协商合作的草原精神品质，这也是他离开家乡，一路前行，闯荡国内外建立一番事业所倚仗的精神支柱。

探索新思路，建创客联盟

在国家政策扶持下，云计算大数据领域的技术创新成果不断涌现，创业项目层出不穷。同时，随着经济全球一体化进程的加快及知识经济时代的到来，创新创业成了时代主旋律，是国家经济发展、社会进步的重要引擎。2015年，《国务院办公厅关于发展众创空间推进大众创新创业的指导意见》及《国务院关于大力推进大众创业万众创新若干政策措施的意见》的公布，有力地推动了创新创业的发展。

2015年春天，张海波积极响应国家“大众创业、万众创新”的号召，以国家新兴战略产业政策支持为契机，在全国首个创新高地——深圳，创立深圳创客基地科技有限公司。深圳市创客基地充分与社会各类创新创业服务平台协作，为有梦想的创客群体提供孵化器平台，并给予一站式的创业支持与辅导，实现深圳从资源驱动到创新驱动的转变，为深圳市众创空间建设和发展探索新模式和新路径。同年，张海波联合创客狂人林立人等共同发起深圳创客联盟，并于2015年6月10日下午在位于高新区的比克科技大厦揭牌成立，整合扩大创业服务资源，加速创客创新创业，多方协同创新，以深圳创客的星星之火，掀引全国创客的“燎原之势”！

在张海波的心里，始终怀揣着对祖国深沉的爱，一心希望能以己之所能把海内外的中国心团结一堂，让广大同胞在祖国科技创新创业大发展的潮流中共同发展！

绘制归侨海归的中国梦

邹建东

邹建东，马来西亚归侨，前海昊天资本董事长、海石集团董事总经理、蓝图体育集团董事长、广东省侨界海归协会副会长、深圳市海归协会副会长、海归高尔夫俱乐部会长、深大会常务副会长兼秘书长、深大会公益基金秘书长。

归国绘制中国高尔夫蓝图

邹建东家族原为马来西亚华侨。1969年，在时任致公党马来西亚高层领导人之一的外祖父的决定下，邹建东一家移居国内。20世纪90年代中期正值改革开放风起云涌之时，邹建东刚上大学，学习建筑工程，因有在国外的生活经历，邹建东对高尔夫行业有一定了解，深感这个行业在国内市场有巨大的发展潜能，他希望能转到与高尔夫行业有关的专业学习。深圳是改革开放的最前沿，深圳大学是当时唯一开设了高尔夫课程的大学，在一番努力之下，1995年邹建东如愿进入深圳大学高尔夫学院高尔夫管理专业学习。从工科类建筑工程专业到文科类高尔夫管理专业，跳跃性的转折令众人愕然，但邹建东成功完成了别人眼中“不可能”的“华丽转身”。

尽管当时国内大部分人对高尔夫运动都了解甚少，高尔夫运动尚未普及，但深圳大学以其前沿的地理位置、开放的校园风气及敏锐的市场触觉，率先在国内开设了高尔夫专业，一批象牙塔里的专业高尔夫球人才逐渐被培养起来，而深大浓厚的开拓创新氛围也深深影响了邹建东。和前辈们一样，邹建东在大学时就已经开始接触社会事务，参与创建了深大高尔夫策划管理公司并参与了许多高尔夫早期项目的开拓。毕业后他还参与创办了“深大会”，一年后吸引1000多名成功校友加入。如今，邹建东已是深大会常务副会长兼秘书长、深大会公益基金秘书长，他与深大之间的情谊还在延续着，“如今我在做校友的工作，能感受到深大学生之间浓厚的校友情结和脚踏实地、开拓创新的深大精神以及团结互助的传统”。

虽然在深圳大学学到了很多关于高尔夫的专业知识，但在内心深处，邹建东仍旧感到自身知识积累不够。所以，大学毕业后，怀着对高尔夫的高度热忱，邹建东前往高尔夫运动的发源地——英国圣安德鲁斯，进行更高层次的学习。圣安德鲁斯是中世纪时苏格兰王国的宗教首都，那里有苏格兰最古老的大学，并因其在高尔夫运动发展中做出的诸多贡献而被誉为“高尔夫故乡”。

邹建东所在的圣安德鲁斯大学是苏格兰最古老的一所公立大学，也是英国威廉王子的母校。在那里，邹建东不仅接受了全世界最专业、水平最高的教育，而且开阔了自己的视野和思维。“出国读书就是为了开阔眼界和掌握本领实现自己的理想，而理想建筑于发展祖国的目标上，更加光荣。”“马来西亚华人华侨历来就有热爱祖国、传承华夏文化和报效祖国的传统，新时代的新锐华侨更是应该把优良传统发扬光大，用知识和行动为国家建设锦上添花。”这些想法成了邹建东当年留学及归国的动力。

“高尔夫在中国的发展相对于西方发达国家尚有很大差距，但是它自然、健康的运动本质以及自我挑战、自律、平等、绅士的精神内涵是国内社会、经济和人文建设的必然需要。”虽然在国外的工作生活环境很优越，而国内对

高尔夫行业的大政策环境和认知不够理想，但邹建东完成学业后还是毅然回国发展。在经历6年高尔夫职业经理人的职业生涯后，他创立了蓝图高尔夫策划管理有限公司，以“传承高尔夫精粹、传播高尔夫文化、传递高尔夫乐趣”为宗旨，融汇中西方各种优势，在高尔夫项目策划、投资、设计、建造以及经营等方面提供国内一流的高尔夫综合服务，实质性地推动中国高尔夫向国际化的专业水平靠近，为中国高尔夫行业绘出宏伟蓝图。

资本报国，转化资源优势

在长期的项目运作过程中，邹建东意识到实业经济的发展离不开资本市场的运作，在不断学习相关知识后，邹建东整合资源，带领一批实践经验丰富、高素质的海归专业人员，开启了昊天资本的创建之路，主要从事面向国内外企业特别是国内中小企业开展投融资、风投创投、企业重组、股份制改造、私募投资、发行基金、资产管理、企业托管、项目转化、独立财务顾问等业务，为国内外各类企业提供投资、融资以及资本运营一揽子解决方案。

邹建东带领他的资本运作团队在提炼企业投融资理念系统的时候，明确将“资本报国”作为企业的使命，进一步明确了企业的社会责任。他说，企业有“感恩”之心，才会积极以规范、灵活、高效、创新的运营机制去抓住历史赋予的每一个发展契机，但企业在把握市场、谋求利润最大化的同时，一定不能忘记自己和企业的社会责任，要时时把回报社会和人民视为自己的责任。

由于长期生活工作在深圳——中国改革开放之窗和最具创新发展精神的国际化大都市，邹建东以其敏锐的触感抓住时代的契机——城市更新！

邹建东跟几个志同道合的深大师兄弟组建了海石集团，共同进军深圳城市更新和旧村改造领域，并成为深圳该领域的佼佼者，现已成功运作了数个城市更新“超级航母”项目。邹建东认为，必须把资源优势转化为资本优势。企业做大做强的战略实施核心在于以资本为平台、以品牌为纽带、以实业为支撑的整合和结构重组，通过整合才能将资源优势转化为经济优势，真正把企业做大做强。

搭建侨界海归合作平台

在接触邹建东之后，很多人都会被他的健谈、真诚、阳光、自信所感染。抛开企业家的身份，邹建东在很多时候更像一位社会活动家。除了创建并担任深圳前海昊天资本董事长、海石集团董事总经理、蓝图体育集团董事长外，邹建东还参与创建并担任了广东省侨界海归协会、深圳市海归协会、深圳大学校友会、深圳大学校友创业与投资联合会、深圳大学校友公益基金会、同济大学深圳校友会等社团组织的社会职务，无私、真诚、开朗、热心公益事业的他赢得了广大海归的充分信任，在资源整合和圈层建设中获得广泛的认可。

成功地在国内运作了几个高尔夫项目后，邹建东不断开辟新的体育产业战线，引进纯正英伦马术和俱乐部管理体系，把更为高端专业和原汁原味的英伦文化展现给国人，同时涉足帆船会、私人航空培训等高端商务体育休闲业务，同时在金融和城市更新领域亦有长足的发展。

除了做好自身企业建设以外，共同发展才是邹建东更高的向往。所以他更多地在侨界和海归圈层，以慈善、高尔夫、马术等活动，“同聚海归、会友论商、携手共赢”，搭建广大侨界海归合作交流平台，资源整合共享，携手互助共同发展。“可以说放在我们面前的是一个经济环境相对成熟的、发展的中国，近年来党和国家关注和支持海外归侨及留学归国人士回国创业，在未来，国家将注重持续高效广泛的发展，我们每位企业家都应严格自律，讲诚信，重创新，踏实发展自身企业，积极承担社会责任，与祖国同生共长，以更加自信、坦诚的形象示人。”

2015年1月24日，由深圳市海归协会主办的“年度海归代表人物奖”榜单揭晓。在数十名候选人中，邹建东作为归侨海归归国创业、积极打造海归企业家圈层的典范，获得“年度海归代表人物奖”殊荣。

绘制大蓝图、同筑中国梦，作为新时代归侨、海归代表之一的邹建东正秉承开拓创新精神，一步一个脚印地走在实现人生理想和价值的路上。

第四章 文卫专才

报纸、红酒、广告……李智、汪鹏、吴运元、毕志健、李宇琪、彭伊莎、杨超，因其各自不同的人生际遇，拓展出彼此独一无二的事业版图。他们亦商亦文亦医，在自己钟爱的领域中步步生花。

艺术商业世界中的『游吟诗人』

李智

李智，国际拍卖师，无形资产评估专家。中山大学法学学士，伦敦苏富比艺术研究院（Sotheby’s Institute of Art）艺术商业硕士；新加坡PALLAS Art画廊创始人，广州柏雅威法律服务公司创始人。现任（中国保利集团）广东保利投资控股有限公司副总经理,北京外国语大学国际商学院文化产业管理课程高级讲师,苏富比拍卖行中国艺术法律顾问。

在游学中找到适合自己的人生道路

在李智的人生旅程中，游学其实占了很大的比重。游学对他来说不仅仅是出国读书，更重要的是从中找到自己想要的生活方式。

李智的游学人生从小时候就开始了。因父亲从事检验检疫工作，从小，李智就跟着父亲出国，到过世界各地的医院探访，体验过无国界志愿者的工作，他把这些有意义的经历都归结为游学的一部分。他经常游走于世界各地的艺术博物馆，做着自己最喜爱的工作——艺术商业，邂逅形形色色有着不同故事的人。在他丰富的游学经历中，他与艺术结缘，最终找到了最适合自己的生活方式。也正因为这些经历和独立自由的家庭氛围，让李智形成了独特的眼光和思维。

2005年，李智从中山大学法学院毕业后，做了一段时间的法律援助工作，在一次机缘巧合下他去香港苏富比看了一场预展和拍卖会，被当时苏富比的艺术氛围和多彩的生活形式所感染，于是他毅然放弃了波士顿大学、印第安纳大学等名牌大学的留学机会，选择了到英国伦敦苏富比艺术研究院攻读艺术商业硕士，开始了伦敦和新加坡的游学之旅。

苏富比作为世界上最古老的拍卖行，以让全球客户无束缚地观赏伟大的艺术品为傲，触及全球艺术市场的每个角落，旗下的苏富比艺术研究院更是培养艺术研究人才的名校。对李智来说，到苏富比游学、工作成为影响他一生的最重要选择，也带给他全新的生活方式。俗话说“读万卷书不如行万里路”，李智则认为“在课堂读艺术史不如去行万里的艺术馆”。在伦敦苏富比游学期间，李智更多的是去各地游历和考察。到瑞士拜访艺术家，到法国参观卢浮宫，到欧洲各国上课、做拍卖、看预展，跟着不同的艺术博览会、艺术活动满世界跑。一次在上艺术道德课程时，大家要就“希腊要求英国大英博物馆归还当年被英国人偷运走的雅典文化遗产一事是否符合道德”进行探讨，为此他们专程飞到大英博物馆和雅典博物馆进行了多日的资料收集和研究。这种开放式的教学模式给李智留下了深刻的印象，因为很多事情不是用对与错去衡量，而是用什么角度去看，这也给李智日后从事艺术商业工作和讲学带来了极大的影响和帮助。

思维决定视野和高度

毕业后，李智回到国内，先后就职于广东省高级人民法院、美国驻广州总领事馆新闻文化总署、中山大学妇女与性别研究中心、中山大学附属岭南律师事务所、苏富比艺术研究院—新加坡校区、苏富比拍卖行—新加坡办事处，任南方电讯传媒（广东）有限公司副总裁、保利投资控股（广东）有限公司（中国保利集团）副总经理等职位。

在中山大学妇女与性别研究中心、中山大学附属岭南律师事务所任法律援助项目主管兼律师助理（民法方向）时，李智完成了34件法律援助案件的处理和书写了所有案件的案例分析存档报告；与人共同研究和发表了《当代中国社会妇女角色现状分析》一书；利用“温洛克非营利机构能力培训”项目的帮助，进行研究中心的成本控制改革，在不影响研究中心所有项目正常进行的前提下取得38%成本优化的结果；重新制定研究中心的公共关系战略，并与多家机构、媒体合作，吸引并增加了22%的志愿者参与为2个英国领事馆的项目和2个欧盟人权基金会的独立项目进行预算报告和项目申请。

在苏富比艺术研究院—新加坡校区、苏富比拍卖行—新加坡办事处任中国市场发展助理&驻新加坡代表助理时，李智负责设计面向中国大陆地区的招生流程和艺术行业高管管理培训项目课程；建立了苏富比艺术研究院大中华地区校友网络和毕业生职业培训和发展计划；负责新加坡地区拍卖品估价及征集，并为顾客提供拍卖前后的相关服务；协助苏富比拍卖行新加坡办事处设计、拍摄和制作拍卖图录，协调运输事项。

任保利投资控股（广东）有限公司（中国保利集团）副总经理时，李智负责海外投资业务的项目投资分析及研究，为董事会提供投资意见；分配金融机构资源，设计投资交易流程及当中的融资结构；建立海外投资分析的数据模型；进行投后管理及项目投资退出准备。

任南方电讯传媒（广东）有限公司副总裁期间，他对接国家工信部的广东3G学院项目，并进行院校对接落地工作；建立了广东3G学院的院校及社会招生网络和毕业生职业培训及发展计划；负责传媒产业APP投资基金的组建和投资分析工作；协助董事长开展针对电讯行业的融资租赁产品的设计和销售工作。

从律师、讲师、艺术顾问、艺术家经纪人……多重身份和头衔可知，李智是个有着丰富阅历的人，但始终脱离不了他最钟爱的艺术领域。他喜欢去旅行，喜欢认识不同的人，至今去过17个国家。每次做完一个项目，李智都会奖励自己去一次旅行。因为旅行总会改变着人生的阅历和价值观，用李智的话来说，“心有多大，思维有多宽，决定了你的视野和高度”。

李智坦言如今很多人选择出国游学或者留学，目标性太强，就是为了找份好工作赚更多的钱，但这往往会忽略了最重要的过程。无论是旅行还是游学大部分人都还处于浅层次，没有尝试把自己放在一个能够理解跨文化语境的环境下去体验，因此有很多人会感觉到缺失和没有改变。但当你真正深入接触当地人，了解他们的文化，甚至去解决当地的一些复杂社会问题时，你会看到这个国家不一样的一面。

归国工作创业多年，李智深深体会到海归人才对推动国家社会经济发展所起的巨大作用，感受到国家对海外留学人员归国就业创业的重视和帮扶。但同时，他也看到其中亟待改善和发展的地方。

首先是既缺资金又缺人才，市场开拓乏力。

缺少创业资金。海归人才在国外求学或创业期间没有积累起用于创业的资本，加上投资商的要价过高或要求过高，政府虽然提供了一些启动资金，但数量相对较少，创办一家有一定规模的企业较难。

缺乏高级人才。很多海归企业家反映，在本地寻高级人才包括高级管理人才、技术人才等相对困难，有的只是普通技工，而对于处于创业阶段的海归人才来说最缺乏的是高级助手。海归人才大多数缺乏市场开拓经验，而且现行的引才政策在招录海归创新创业人才时往往比较倾向技术型人才，而忽视企业管理、市场开发等综合团队。超过60%的海归企业反映目前企业的最大难点之一是市场对企业产品的认可度不够。

创业风险较大。有些海归人才直接从海外购买一到两个专利就回国创业了，有些还不是其熟知的领域，这就存在非常大的风险。

其次是产业集聚不明显，海归企业游离于主导产业之外。

产业布局比较混乱。各辖市区之间产业布局混乱，没有形成差别化竞争的发展态势。主导产业规模小、产业优势不明显，行业不集中，产业链条发展不够完善，上下游企业衔接不紧密，企业间的关联性较弱，没有形成产业集群发展。同一区域内的企业集聚程度低，企业之间互相交流、互通信息、互相配套或共用试验平台较少。

引才用才管理相背离。引进人才和使用人才的“两张皮”现象客观存在。政府负责招才、引才的部门更多着眼于如何通过各种渠道、各种措施把海外人才吸引进来，以彰显自己的政绩，遵循的是招聘导向而不是市场（产业）导向，而用才部门或用人主体（企业）可能还没有做好相应的准备，还没有一个系统的产业规划和清晰的产业定位，不清楚如何去引导海归人才引领高新技术产业的发展方向或服从服务于主导产业的需要，任由海归人才能干啥就干啥。

汪鹏

爱琴海边办中文报纸

汪鹏，希腊最大华文媒体报纸《中希时报》、希中网总编辑，凤凰卫视驻希腊特约记者，希腊中国和平统一促进会秘书长，希腊华人华侨联合总会秘书长，希腊华侨华人总商会副秘书长，希腊华侨华人总会副秘书长，中国侨联青年委员，江苏省侨界青年总会理事，南京市对外文化交流协会理事，上海巢尚食品有限公司合伙人。

留学生创办希腊首份华人报纸

1979年，汪鹏出生于古城南京。2002年，刚刚大学毕业的汪鹏从南京搭乘飞机出发，这是他第一次坐飞机。十几个小时后，飞机降落在爱琴海沿岸的美丽国度，汪鹏的留学生活由此开始，希腊也成了他的第二故乡。

2004年，奥运会在雅典举办，在雅典奥组委工作的汪鹏参与到奥运会的举办中。奥运会闭幕后，与很多留学生一样，汪鹏面临着“回国还是留下”的抉择。在后来的一次旅行中，汪鹏发现，法国、意大利等国有很多华文报纸，当地华人竞相阅读，但在希腊却没有一份华文报纸可以供华人华侨阅读，这一领域是一片空白。

在20世纪90年代中期的希腊，一批来自中国大陆的新移民发现，古老的爱琴海文明对物美价廉的中国纺织品很有热情。后来，越来越多的中国人开始尝试来到这个古老的国家做生意。世纪之交的三次希腊大赦带来了发展的机遇，一万多名华人从此获得了合法居留权利。随着中国服装贸易在雅典的日趋饱和，许多华商把生意延伸到了希腊几乎所有的城市和乡村。华商生意越做越大，希腊华人人数一度达到两三万人。

但是旅居希腊的华人华侨不懂希腊语，对当地事务一知半解，他们亟须一份华文报纸填补信息的匮乏。为了满足华人的信息需求，汪鹏决定留下创办一份华文报纸。“两手空空、两袖清风，怀着满腔热情”的穷学生汪鹏开始践行他的“理想主义”。2005年，汪鹏找到现在的报社社长吴海龙，提议做这样一份报纸，并幸运地获得当地中国城股份有限公司的资金支持。2005年1月，《中希时报》在希腊税务、新闻以及外交部门和中国驻希腊大使馆正式注册发行。

但万事开头难。由于人手有限，报纸上有些内容只能从网上整理。2006年年初，几位创业伙伴相继回国发展，采编、美工、排版、发报，全由汪鹏一人负责。每周一，他骑着自行车穿梭在雅典华人区，一家一家派报。投递完后，又投入下一周紧张的编排循环中。这种快节奏的工作，汪鹏坚持了大半年。

“困难很多，也确实辛苦。”回忆起办报初期的经历，汪鹏感慨万千，“但慢慢听到读者肯定的评价，心里很温暖，也给了我继续奋斗的勇气。”

《中希时报》成为希腊及其周边南巴尔干半岛国家和地区首份，也是现行唯一的一份华文媒体报纸。

植根异土，善传生机

经历过最初的艰难期和适应期，《中希时报》不断成长。随后几年中，《中希时报》陆续与中新社、新华社、中央电视台、凤凰卫视、国际台、《人民日报》海外版、《新民晚报》、香港《文汇报》等媒体建立了长期合作关系，同时被国务院侨办等国家机构登记在册，发展势头迅猛。采编、排版、翻译外电，报社员工各司其职。报纸从最初的双周刊改为周报，从每期16版增至32版、48版，一度高达80版。

本着“植根异土，善传生机”的办报宗旨，凭借深度时效新闻、媒介传播和精美印刷，旨在为希腊乃至巴尔干半岛国家和地区的华侨华人交流与发展架起一座沟通的桥梁。由于《中希时报》是希腊当地唯一的华文报纸，因此，他们尽可能地覆盖新闻、社会、娱乐、体育、文摘等各领域的资讯，广告其实并不多。由于邮政投递速度较慢，在雅典华人区还是采用人工派报的形式，这样也便于及时了解读者对版面内容的反馈信息。

2006年7月，《中希时报》走出首都雅典，在希腊第二大城市萨洛尼卡创办分社；2009年前后，报纸还一度覆盖到周边的塞浦路斯和保加利亚。

为更好地服务当地华人社会，更快更全面地提供新闻及实用信息，2010年，汪鹏又创办了希腊中文门户网站“希中网”，致力将其建设成集新闻、资讯、文化、旅游、商务、黄页以及论坛为一体的希腊中文门户型网站。

《中希时报》与希中网影响力日隆，汪鹏也成为凤凰卫视驻希腊的特约记者。每当希腊华社或当地社会发生重大事件，他都会深入一线采访，自己拍摄、自己编辑，做了很多视频报道。

作为华人华侨社会的“信息先锋”，《中希时报》渐渐引起希腊主流社会的关注。2008年北京奥运会期间，汪鹏每天都会接受多家当地媒体的采访。除中国使馆外，《中希时报》还成为希腊社会了解华社的重要平台。他们与当地媒体、政府频繁互动，推动华社融入主流社会。在接受希腊媒体采访时，汪鹏不断为希腊观众阐述一个客观的中国形象。

《中希时报》还得到了中国驻希腊使馆以及各旅希侨团的大力支持。从2008年北京奥运会圣火采集仪式上众人挥舞的五星红旗，到2010年旅希侨民合力筹备组织的“和谐之春”大型主题广场活动；从2011年在希腊克里特岛支援帮助中国从利比亚撤离中方人员，到近年来中国领导人访希时制作的精美专版和全程随团采访。《中希时报》始终为广大读者提供及时、客观、深度和准确的报道。

2015年9月，《中希时报》在原有中文版面的基础上，推出全新的希腊文版，旨在向希腊主流社会展示不断变化的中国，并以全方位视角客观报道中国，使之真正成为中希之间一座友谊、团结、合作的桥梁。

困境中另辟蹊径，成为“海鸥”

2009年年底，希腊陷入债务危机，经济形势急剧恶化，旅希华侨纷纷回国。留在希腊的华侨不足万人，《中希时报》的订阅量受到巨大冲击。以前很多广告来自希腊本地的汇款公司、银行、航空公司等企业，但现在经济不景气，报社的广告收入也急剧下降。

在受众锐减与广告下滑的“两面夹击”下，报纸不断亏损。为了满足印刷的需要，现在每期只有32版，因为实在印不起。但汪鹏说：“我们会坚守这片阵地，除了每年8月例行停刊外，《中希时报》从创办至今，从未因任何困难停过报纸。金融危机让很多周报变成半月报甚至月报，但我们会竭尽全力正常出刊。”

为了维持报纸的正常运营，汪鹏近几年另辟蹊径，将希腊橄榄油等全球优质食品推向国内市场。两年前，他开始将重心转向国内，回国进行二次创业，在国内从事进口食品电商贸易，在希腊开展旅游、文化交流和置业移民咨询等项目，成为不断往返希腊和中国的“海鸥”。

平日里工作繁忙，但希中网、《中希时报》、微博、微信等平台的资讯更新，汪鹏总是亲力亲为：“能做一份华文报纸，能为希腊华社做出力所能及的贡献，我心甘情愿。”

2016年1月18日，《中希时报》迎来创刊500期纪念，汪鹏在微信朋友圈中感叹：“这是《中希时报》500期的日子，500份报纸排列起来，是许多人青春流逝的一个纪念。”十余年间，当年的青涩学生已步入而立之年。华报扬帆爱琴海，诚如第500期卷首语所言：“这里记载的，是古老丝绸之路上最新发生的消息，是悠久历史的最新延续，是今天的新鲜一页，也是明天的殷切期望。”

吴运元

开启『永不落幕的葡萄酒品尝会』

吴运元，曾任澳大利亚悉尼威立食品厂市场发展部经理、澳大利亚嘉华针织品制造厂董事总经理、香港嵘利投资有限公司执行董事、澳大利亚友联物业投资有限公司董事、澳大利亚华人卫星电视台有限公司董事等。2007年，他响应广州市政府招商邀请回国投资创业，在南沙港区创立IWS国际红酒汇。

从岭南走向澳洲

吴运元是广东广州人。1984年高中毕业之后，举家迁往澳大利亚，他在澳大利亚求学期间进修了汽车维修、房地产中介专业课程及工商管理学士课程。

1984年11月至1986年12月，吴运元出任澳大利亚悉尼威立食品厂市场发展部经理。威立食品厂属于家族企业，主要经营沙河粉生意。在吴运元的参与下，威立食品厂成为当地首家成功以进口中国大米为原料、提高沙河粉产品质量的企业。他创新营销策略，使产品在澳大利亚华人市场上销售量排行第一，成为当地知名品牌，期间还与中粮集团、上海粮油、广东粮油等大型国有企业合作过。

1986年至1992年间，吴运元又出任澳大利亚嘉华针织品制造厂董事总经理，与中国针织行业建立良好互动关系，最早从中国进口绵纱布，并协助中国绵织品进入澳大利亚市场。

1992年至1997年，吴运元在香港嵘利投资有限公司任执行董事，负责中国国际贸易及各国产品香港展销会。

1997年至2002年，他在澳大利亚友联物业投资有限公司任董事兼海外部经理。

2003年至2006年，吴运元在澳大利亚华人卫星电视台有限公司任董事兼开发部经理，负责市场推广，开展与中国各省电视媒体集团的合作。

引入红酒消费新概念

在海外学习、工作、生活过程中，吴运元有一个爱好，就是喜欢喝红酒，是一个资深的葡萄酒爱好者。“我认为，人生有三杯：一杯葡萄酒，一杯茶，一杯牛奶。如果一个人每天坚持喝一点葡萄酒，他的生命可以更年轻。”尤其是“三高人群”（高血脂、高血压、高血糖人群），非常需要每天饮用适量葡萄酒；但如果尿酸高的人就只能饮用白葡萄酒，他解释道。

“世界上做红酒最棒的人，60%都是医师，澳洲就有180多名葡萄酒医师。为什么葡萄酒会进入医药？因为医生很了解这个东西和人体的关系。”吴运元说，“在澳洲，医生会告诉你不要喝酒，但可以少量喝葡萄酒。不过要记住，和药一样，不能过量，这很关键。”

这是吴运元对葡萄酒的理念，但他这种理念与中国内地红酒文化有着不小的差异，在内地喝红酒的场合中，人们动辄拿红酒干杯，把红酒当啤酒喝，“那是对红酒的误读与不尊重”。因此，他认为把葡萄酒列入酒文化中是不合适的，尤其是用“干杯”的方式对待葡萄酒，“其实糟蹋了葡萄酒”。

“我要给中国引入一个正确的红酒消费观念，它和奢华、浪漫、时髦无关。健康的葡萄酒，真正的市场不在酒吧，不在卡拉OK，而在平常百姓家，从十八岁到八十岁，男人和女人，没人会拒绝葡萄酒。正确的健康观是我们所追求的。”

2007年，吴运元响应广州市政府招商邀请回国投资创业，在南沙港区创立IWS国际红酒汇。红酒汇的成立得到了广东省海关、商检、外经贸等政府部门的大力支持，成为中国第一个开放式红酒保税仓，揭开了中国葡萄酒历史崭新的一页。IWS国际红酒汇“永不落幕的葡萄酒品尝会”“360°展示交易，一日走遍世界酒庄”等独特亮点，“新世界”的年轻奔放，“旧世界”的浪漫典雅，为两岸三地带来全新的葡萄酒观念与健康的生活方式。广州企业联合会有关人士称，如此的规模在红酒保税仓并不多见，该保税仓历史虽不长，但在国内是首个专门的红酒主题保税仓，在广州也是首个且规模最大的一个。

IWS国际红酒汇是国内酒商的供货驿站，但通过保税仓运作，经销商们可以灵活地调配品种，大小资本均可运作。莲花港保税区内设有海关、检疫、港政等联检服务机构，快速地办理各种入关手续，所有客户均可在最短时间内通关，适应快速度的现代商业潮流。另外，保税仓拥有直接、快捷的全球物流系统和精细化运作的全国物流系统，能保证货物快速、安全、准确地发往海外市场和全国各地，以性价比优越的物流体系为经销商、代理商提供最佳物流方案。

推动中澳自由贸易发展

2015年，吴运元投资成立广州袋鼠互联网服务有限公司（澳洲生活馆），并担任董事长。

归国至今，吴运元事业得到了再一次的飞跃，个人也得到了行业和国家的认可，获得了中国葡萄酒行业研究员、广东省保健食品行业协会副会长兼名誉顾问、广州市人民政府（外事办）对外友好协会国际友好大使、改革开放三十年推动广东经济发展杰出贡献人物、共和国60华诞爱国功勋

人物、广东省广州名牌食品产业促进会名誉会长、中国经济建设和亚洲经贸合作特殊贡献人物、中国酒店用品行业协会副会长、南沙自贸区工商联常委、南沙区统战部海归协会副会长、广东侨界海归协会名誉会长等公职和荣誉。

30多年来，吴运元在澳大利亚接待过胡耀邦、江泽民、胡锦涛、习近平总书记等国家领导人及各省、市、自治区领导，港澳台政商代表等访澳贵宾，举办招商会、大型文艺演出、大型晚宴，积极参与国内外的慈善公益活动，积极参与推动中国和平统一促进工作。

吴运元曾多次被政府邀请访问北京、西藏、内蒙古、四川、云南、贵州、陕西、上海、厦门、澳门、广东、香港、台湾等重要城市和地区，受到中国政府国家领导人及各省市领导人的接见，同时也得到中澳两国政府部门的大力支持，为促进中澳自由贸易协定的落实及执行做出了贡献。

澳门广告会展业的有为青年

毕志健

毕志健出生于澳门，曾留学加拿大，后回到澳门并自主创业。1999年创办三巴广告设计公司和微中市场发展顾问有限公司，从事广告及互联网业务；2002年开办媒体网络有限公司，从事电视动画及广告代理；2003年创办IF国际名牌时装专卖店，代理欧洲国际名牌时装；2009年开办中国澳门广告展览有限公司，往会展业方向发展；2015年开始与意大利商人一起将意大利威尼斯玻璃艺术品引入亚洲市场。同时他也参与社会不同的团体，并在其中担任要职，包括：澳门中华总商会理事、澳门归侨总会副理事长、澳门侨界青年协会会长、澳门房地产联合商会副理事长、澳门电子商务协会副会长、澳门文化创意产业研究中心理事长、中国广告协会副会长、澳门广告商会副主席、原澳门会展业发展委员会委员等。

学成归澳，自主创业

1971年出生于澳门的毕志健，皮肤微黑，举止儒雅。他的父母是1970年从柬埔寨来到澳门的华侨。在澳门培正中学完成初中学业以后，毕志健随父母一起移民加拿大，在加拿大继续学业。1994年，学业有成的毕志健回到了澳门，加入澳门中华总商会青年委员会，开始参与社团工作；并参与澳门归侨总会青年委员会，定期开展与海内外侨界青年联系交流活动，凝聚侨青。

毕志健参加社团的原则是全力投入，要了解该社团的日常运作、组织以及服务范围，如此才能把工作做好。在澳门中华总商会的日子里，长辈的提携和帮助，让他汲取了宝贵的社会服务经验，同时开阔了视野，进入人生另一阶段。

毕志健的父亲是澳门房地产联合商会创会会长，但父亲并没有要求他进入这个行业，而是让他自主选择志向和兴趣，极少干预他的事业取向，只是向他强调做人要正当，要规矩，做生意要讲信用，以真心待人。

由于父亲的关系，毕志健也接触房地产业，但他不像许多人一样，去投机炒卖楼宇，而是根据自己的学业进入市场推广、设计等领域，同时也继续到香港进修企业包装与策划等相关课程。

在当时，委托有关公司设计一份楼宇销售书平均要20多万元，在父亲的鼓励之下，毕志健决定自行设计、制作图纸，从销售策略、销售对象到价钱定位等都亲力亲为，结果大大降低了成本，且效果不错，这是他接触房地产行业的开始。

后来澳门房地产业低迷，毕志健决定自行创业，开办广告公司和互联网业务，从事电视动画及广告代理、欧洲国际名牌时装代理，还往会展业方向发展，这些工作让他接触到社会各阶层，同时也了解到国外和内地的社会制度与经济模式。

推动澳门广告会展业发展

一个地区的总体政策环境和发展方向对个人和企业的发展都起着重要作用。长期以来，澳门的博彩业闻名世界，但很多中小企业并不知道如何从中获利，发展步履维艰。回归后，特区政府认为不能依靠单一的博彩业，遂出台了一系列政策，致力推动会展和文化产业发展。

在毕志健看来，发展会展行业是多元化发展的一个重要方向，可以为澳门提供发展多元产业的新平台，房地产、汽车、创意等产业都可以通过会议和展览得到推动。由于澳门之前并无会展行业的发展基础，而他所在的广告商会恰好集合了各种服务的供应商，包括公关公司、搭建公司、媒体公司、设计公司等，政府对会展行业的大力推动正好为广告商会的成员提供了转型机会。于是毕志健从房地产开始，逐渐转为从事广告行业，之后又做过服装行业，再慢慢发展到会展业。

毕志健认为，澳门要发展成为国际化都市，就必须强化澳门的会展业发展；除了旅游业以外，会展业也是澳门最重要的对外窗口之一。除了吸引游客、增加商业行为以外，通过媒体，也能让更多的国家了解澳门的经济发展、社会形态、自由市场及热情好客的民风。而政府有关部门，比如旅游局、经济局、贸促局近年来都投放大量的资源，帮助澳门有关的会展业，取得了相当好的效果。

为推动澳门会展业发展，作为一个敢于发声且不断发声的有志青年，毕志健向政府提出了一系列推动澳门会展行业发展的建议和意见，比如早年针对资助项目和审批部门比较分散的问题，他建议政府成立统一的部门，直接帮助和处理有关澳门会展业的发展与资助问题，制定统一的标准；目前澳门会展业还处在发展阶段，他建议政府进一步完善会展政策，在吸引国际会议展览来澳门举办的同时，孕育更多澳门会展企业，使产业的专才有更大的发展空间；为解决会展业人才不足问题，他建议政府协助业界能合法地吸纳就读于澳门大专院校会展系的非本地优异学生，当有大型会展举办时给予会展系非本地学生参与短期的会展实习机会。让本地和外来就读有关课程的学生，直接到有关展会去实践，是一个双赢的办法，既能让学生学以致用，同时也能解决会展人力资源问题等等。

热衷参与社会活动，为青年发声

在澳门回归17年后的今天，澳门的人均GDP已经达到了全世界第四，亚洲第二。毕志健说，回归之前经济不发达，澳门有些人生活窘迫，为了生存，对工作没有什么选择的余地。现在人人都有较好的工作机会，可以按照自己的理想去寻找工作。对于很多人来说，他们要的不是一份单纯的高薪的工作。对毕志健而言，当有两条道路供他选择的时候，一条是平坦大道，一眼看得到头，另一条是重峦叠嶂，看不到尽头，他宁愿选择那条山路，因为这样更有挑战性。“今天的澳门就为我提供了很多这样的机遇。”

国家总理李克强在访澳期间强调要十分重视青年人，毕志健便是近年来热衷参与社会活动的澳门年轻精英之一。

对于澳门政治，毕志健的看法是：“我认为对于政府的施政，需要有不同的声音加以监察，但是表达可以有很多种渠道和方式。澳门是一个和谐、社团文化浓厚的城市，在从事任何活动的时候，必须从澳门的具体情况出发，至于我以后是否从政，我的态度是一切都不刻意追求，只要做好自己专业、对社会有贡献便足够。但是随着公民意识的提高，澳门要发展成为国际城市，政府施政一定要与过去不同，需要接受更多的声音才能让城市持续发展，与时并进！”

根据《珠江三角洲地区改革发展规划纲要（2008—2020年）》，“建设世界旅游休闲中心”被定位为澳门的长期发展战略。毕志健认为，澳门是一个很有吸引力的地方，具有长达400多年的东西文化交融历史。全中国最早的灯塔在澳门，之前的海上丝绸之路也是从澳门通往内地的。他建议，要成为世界旅游休闲中心，澳门在注重拓展和保持内地旅游市场的同时也应注重对海外市场的拓展，也许见效不是很快，但“现在政府资金充足，开拓新市场正当其时”。

毕志健认为，改革开放30多年来，澳门与内地发展息息相关，尤其是澳门回归祖国之后，社会经济发展日益加快，与内地市场的联系也更密切，带动不少澳门青年回流发展。这些青年会把自己之前所在国家的人脉网络一同带回澳门，成为澳门参与“一带一路”建设的重要资源，也是澳门青年融入“一带一路”的优势所在。再者，内地设立自贸区给澳门青年进入投资经营和就业提供了良好的发展机会，加上在“一带一路”建设、粤港澳经济紧密合作、开发横琴岛、澳珠两地通关便利化等内地和特区政府一系列良策鼓励下，澳门青年拥有难得机遇，应借此向不同方向开拓各类行业，如跨境电子商务就是其中之一。

完美演绎葡萄酒文化与商业活动的共生

李宇琪

李宇琪，毕业于澳大利亚悉尼科技大学，硕士研究生学位（MBA工商管理硕士）。从事葡萄酒国际贸易、酒庄投资、红酒投资及延伸产业链长达11年，现任深圳澳中龙耀国际酒业（集团）公司、法国胜金莎酒庄实业有限公司、中国期酒交易所（香港）有限公司董事长。主要社会职务包括：海南省葡萄酒行业协会会长、中国酒类流通行业协会名酒收藏委员会委员、广东省酒类行业协会常务理事、香港葡萄酒商会驻华事务拓展委员会负责人、广东省海归协会副会长、深圳市海归协会副会长。

葡萄酒文化与商业活动结合

李宇琪1980年出生于广东深圳，中学毕业于极具创新精神的百年老校——深圳中学。李宇琪天生具备拼搏精神，早年就决定独自一人背井离乡，留学澳大利亚，并且在1999年于悉尼科技大学（UTS）取得该大学第一届电子商务及金融双学士。2001年再回母校悉尼科技大学，半工半读取得工商管理硕士MBA，主修银行与金融。

早年出国留学，环境异常艰苦，李宇琪在国外半工半读，几年下来已经接触数个不同的行业，从早期的电影放送员，到后期从事银行信贷和投资金融领域的基层工作，再到回国跟从两位金融和电讯行业企业家创业（该企业后来成功在新加坡和香港上市）。

丰富的经验让回国后的李宇琪有了更多的资本进行创业，2001年他在澳大利亚注册成立了澳中龙耀，2006年在国内注册并将总部定在深圳，旗下包括11家子公司，全国拥有23个省市分公司、省市代理。澳中龙耀是国内葡萄酒行业最早的全产业链运营商。集团业务分为五大板块：深圳澳中龙耀国际贸易有限公司（红酒贸易）、深圳龙耀东方红连锁酒店管理有限公司（管理酒庄连锁实体店）、中国期酒交易网（波尔多期酒买卖及投资）、深圳前海酒花股权基金（红酒基金、红酒金融）、深圳前海龙耀资产管理有限公司（并购世界葡萄酒古堡庄园）。

从2006年至2010年，澳中龙耀通过五年时间的行业原始累积，成功在中国各大主要城市设立代理商和分公司体系，为后期的连锁规模和产业金融打下坚实基础。

2013年7月，澳中龙耀在前海股权交易中心挂牌，企业代码：660158，是当时中国首个在深圳前海股权交易中心挂牌的葡萄酒贸易企业。

2015年8月28日，澳中龙耀与中国排名第三的互联金融平台“投哪网”合作，成功发行中国第一个葡萄酒名酒现货投资基金——“中期一号”，2015年成功发行四期基金，2016年成功发行三期。

2016年4月，澳中龙耀开启国际并购，成功联合多家上市公司收购法国波尔多右岸150年名庄Chateau Segonzac，随后吸引马云等企业家在该产区收购数个酒庄。集团部署2017年将在澳大利亚、美国和意大利继续并购一线酒庄，实现“全球第一个结合酒庄投资、红酒贸易、旅游地产和海外资产配置的葡萄酒实业多元投资集团”。

顺应“一带一路”的国家发展策略和号召力，中国已然成为世界第一大红葡萄酒消费国，并且也成了世界第九大葡萄酒生产国。因此，如何把握中西文化的差异性，并且在其中寻找平衡点是每一个国内酒商所要思考的问题。李宇琪从2006年开始致力于将国外的葡萄酒文化、专家及技术引进国内精品葡萄酒行业，并且不管在行业低潮时期还是利好时期，都一直持之以恒地经营这份红酒事业，精益求精。因为只有坚持、专业、专注才会有出路，才会创造让消费者认可的民族品牌。

海归要学会坚持、专注和努力

作为一名创业13年的年轻的80后海归创业者，对于中国创业市场，李宇琪也有着自己深刻的体会和认知。他认为：

首先，每一名海归都应脚踏实地做实事，切忌朝三暮四、好高骛远，要从小事做起，从细节着手，每一份工作比别人付出更多的精力和努力，才能收获成功和认可。

其次，经验就是财富，只有尝试了才知道什么才是适合自己的，多从事不同的行业，积累丰富的为人处世的经验，才能找到属于自己的最好的路，并且有更多的资本在这条路上走得更远更宽！

最后，古语有云，“试错是金，吃苦是宝”。人的成功都是从无数的失败经验中累积的，创业能否成功，除了天时地利人和，更多的是要能吃别人吃不了的苦，很多人看到别人的成功以为顺理成章，就好像以前的葡萄酒行业，一边吸引了众多超级富豪和上市公司直接投资，另一边却有无数人叫苦连天甚至关门倒闭。如果你缺乏勇气和毅力，千万别尝试创业，因为老板是一个最辛苦的职业。只有持之以恒做好一件事，将专业和专注做到极致，才能成就最好的事业，打开更宽阔的视野，拥抱最丰富的人生。

彭伊莎：打造文化娱乐领域的『天猫』

彭伊莎，专业造星平台“壹秀成名”创始人，曾获斯坦福大学最高级别奖学金。硅谷资深产品经理，多年服务于顶级视频媒体客户，如ABC、FOX、NBC等，曾获中国青少年科技创新奖、微软小学者等荣誉。

数学天才崭露头角

彭伊莎是浙江大学竺可桢学院数学与应用数学专业2009届毕业生，同时也是一个数学天才，曾代表浙江大学参加2008年浙江省ACM程序设计竞赛并夺得“最佳女队”奖牌。

“中国青少年科技创新奖”基金是遵从邓小平同志遗愿，为激励广大青少年积极投身科技实践，为建设创新型国家勤奋学习、发奋成才，由共青团中央、全国青联、全国学联、全国少工委设立的奖项，奖励在科技创新方面取得突出成绩或显示较大潜力的青少年个人，是中国青少年的崇高荣誉。

2009年，彭伊莎获得美国斯坦福大学研究生院最高级别全额奖学金（Stanford Graduate Fellow），于同年9月赴斯坦福大学（Stanford University）统计系攻读博士学位。她曾在美国UCLA计算与应用数学组和哥伦比亚大学（Columbia University）等地参与过计算数学及统计学方面的研究，对统计学习理论、核方法、直接优化算法（Direct Optimization Algorithms）有较为深入的了解；对数字非常敏感，精通各种数学模型，获数学建模国际和国内两项金奖。

2011年，彭伊莎在美国硅谷任资深产品经理，先后就职于Free Wheel（Comcast旗下）和Ooyala（Telstra旗下），曾服务于全球最领先的媒体客户如ABC、ESPN、FOX、NBC、Vox Media、Warner Music Group等，作为产品负责人，她主导设计与研发的大数据视频分析产品Ooyala IQ在2015年全球电视与数字媒体行业最高级别展会NAB Show上荣获最高奖——Best of Show Award，对全球视频媒体发行、广告投放、大数据分析，以及视频媒体平台级产品的研发、设计与战略非常熟悉。

彭伊莎在硅谷的这段产品经理的工作经历，为其日后回国创业、打造“壹秀成名”帮助良多。

打出真人秀的互联网新玩法

2015 年 8 月，彭伊莎正式回国创业，携手知名电视真人秀《舞林大会》的艺术总监兼明星导师方俊联合创立“壹秀成名”，任 CEO。一位是媒体教父，一位是产品精英，在这个电视真人秀大行其道的娱乐圈里，他们开始了自己的“互联网 + 文化娱乐”创业之路，试图打出真人秀的互联网新玩法。

“壹秀成名”是一个面向草根达人、网红大咖的专业造星平台，提供从选拔、培训、制作到商业化运营的一站式服务。与权威媒体东方卫视、星空卫视以及国内一线视频网站缔结合作关系，搭建专业的培训体系和内容体系，打造与输出艺人。合作伙伴包括上海文广 SMG（拥有东方卫视、上海娱乐频道等）、灿星制作 / 星空卫视（拥有《中国好声音》《中国好舞蹈》《出彩中国人》和 Channel V 等）、舞林大会全国连锁机构等。

与传统电视真人秀将内容迁移至网络端这种“互联网+”的方式不同，“壹秀成名”则是将网络端与电视端有机地串联起来，将双端优势充分发挥。“壹秀成名”基于网络端用户黏性大、互动需求高的特征产出大量原生视频内容，并在网络上为提供优质内容的达人建立起粉丝基础。在经过选拔与包装之后，"壹秀成名"将为优质内容和人才提供具有影响力优势的出口平台（如电视端），将传播效应扩大化以实现帮助"素人"圆梦的一整套流程。此外，"壹秀成名"平台中还将加入电商属性，通过一套创新的交易机制帮助"达人"从粉丝经济中获益。

由于模式的创新性，"壹秀成名"的产品形态主要包括Web端、移动端以及将在各大一线城市电视台播放的真人秀节目。Web端及移动端产品预计将在2017年一季度面向大众推出，而"壹秀成名"的电视真人秀节目将于2016年年底展开招商，随后登陆各大电视频道的周末黄金档。

目前，"壹秀成名"已获中美知名投资机构如真格基金、PreAngel、LDV Partners（上海文广SMG旗下）、InnoSpring等的千万元级人民币投资。"壹秀成名"曾获2015MHS（麻省理工/哈佛/斯坦福）中国创新创业论坛银奖、2016创新中国秋季峰会BANG CAMP专场第二名等诸多殊荣，并与上海文广SMG、灿星制作/星空卫视、舞林大会全国连锁机构、腾讯等达成战略合作。

在"壹秀成名"的官网首页，"打造文化娱乐领域的'天猫'"被放在明显的位置，这是"壹秀成名"的愿景，也表明了整个团队要打造一个现象级产品的野心与信心。

每一个创业者，都是时代的弄潮儿。在中国方兴未艾的互联网创业浪潮中，作为一名海归创业者，彭伊莎正如鱼得水地畅游着。

侨领后代以医报国

杨 超

杨超，归侨子女，中山大学附属第一医院神经外科副教授、副主任医师、医学博士，硕士研究生导师；中华医学会神经外科分会青年委员；广东省侨联常委，广东省侨界青年联合会副秘书长，广东省侨界海归协会副会长。

仁心仁术，一双妙手转乾坤

杨超，1975年生于广东著名侨乡——江门，长于书香门第和爱国华侨世家。外祖父翁向东（又名翁泰云），是东南亚归侨、侨领，著名爱国人士，1946年创办香港培侨中学，并出任第三任校董事长；父亲则是改革开放后第一批留学生，二十年来在海外教书育人无数。从小受到良好教育的杨超，1993年进入中山大学生命科学院生物化学系学习。2001年，以中山

医科大学临床医学系七年制全英班优秀毕业生的成绩毕业，进入中山医科大学附属第一医院神经外科工作，表现突出，第二年便参与了我国第一例、全世界第36例连头婴分离手术。刻苦的钻研、优异的成绩，让杨超在2005年获得世界卫生组织奖学金，得以赴澳大利亚墨尔本大学皇家医院做访问学者。他执业任神经外科医生，师从世界神经外科联合会副主席Andrew H. Kaye教授学习显微神经外科手术，随后他还获得国家留学基金委中国澳大利亚联合培养博士奖学金。

在海外的优异表现，让杨超原本有机会通过“医疗优才移民计划”获得澳大利亚国籍，但他却毅然选择在2006年归国回到中山大学附属第一医院，继续从事自己心爱的医疗工作。谈及当初的选择，杨超并不后悔，他说：“在国外虽有优厚的物质享受，可是没有中华文化的认同感，在精神上会害‘思乡病’，而且我也不愿意看到自己的儿女以后没有根。”

归国后，杨超谨记父亲的教导，刻苦钻研国际最先进的医疗技术，在自己的岗位上创造了一个又一个生命和医疗的奇迹。

2014年8月27日，一位怀孕27周多的30岁孕妇被送到了中山一院急诊室。在入院观察后，患者突然出现抽搐、牙关咬紧、双手紧握拳头、双下肢屈曲和呼唤不能应答等症状，经抢救发现，患者小脑出血15毫升，同时合并梗阻性脑积水，压迫脑干导致脑疝。脑疝的死亡率高达80%，另外获救的20%大部分长期昏迷。病人病情危急，刻不容缓，医院建议紧急进行颅骨钻孔外引流并开颅血肿清除术，并由杨超担任主刀医生。然而患者是孕妇，若让其俯卧进行手术，势必会给腹中胎儿造成压迫。为确保孕妇和胎儿的安全，杨超决定在患者侧卧身位的情况下实施手术，整整12个小时内，杨超和同事们都以弯腰、扭头的别扭姿势进行手术，辛苦程度可想而知。最后孕妇得以顺利保胎产子，母子均安。

2011年4月11日下午两点半左右，中法核工程与技术学院法方院长Jean-Marie Bourgeois教授的幼女艾堡林，因为剧烈头痛和频繁呕吐哭闹不止，被转到中山一院神经外科。这是一次涉及外交事务的治疗，院方十分重视，特安排神经外科副主任刘金龙教授和杨超共同接待。经检查发现，艾堡林的小脑部位有一个体积足有鸡蛋大小的肿瘤，且肿瘤压迫造成急性梗阻性脑积水，情况十分危急，唯有越快进行手术，患者的生存概率才越大。就在杨超他们迅速在最短时间内拿出了最妥善的手术方案时，艾堡林的父母却犹豫了，他们不了解中国的具体情况，对中国的医疗水平抱有疑虑和担心。在数次咨询法国医生后，艾堡林的父母终于决定把他们的女儿交付给中国医生。最终，杨超和同事们不负所托，奋战8小时，让艾堡林脱离了危险，并向外证明了中国医术水平的高超和中国医生技术的精湛，让广大同仁倍感自豪和骄傲。

杨超早前还进行过国内第一例全麻下的帕金森脑深部电刺激手术（DBS），参加过中山大学第一例术中唤醒语言区脑胶质瘤切除术（awake surgery）完全保留病人运动和语言功能，以及中山大学第一例难治性癫痫迷走神经电刺激术（VNS）、中山大学第一例神经病理性疼痛脊髓电刺激术（SCS）……在医学的路上，杨超从未停下前行的脚步，自2006年留学归国，他工作在临床一线，在国内推广国际先进医疗技术，并多次参加香港和澳门特别行政区官员、央企上市公司董事、世界500强高管的手术和会诊，还通过技术改良了部分医疗技术，如三叉神经痛微血管减压手术、帕金森病脑深部电刺激手术，其医疗已达到国际领先水平。

爱侨护侨，誓传承父辈精神

作为归侨后代，杨超自小受外祖父、父亲的影响很深，对华侨历史了解甚深，十分关心华侨事务。“我始终认为，我的根在中国，我的祖辈是华侨侨领，他们那时为了参加新中国的建设，放弃国外殷实的生活，再苦再穷也要回国，作为侨领的后代，我要传承他们的理想主义情怀，报效祖国。”这样一份精神传承，让杨超立志要为侨联事业贡献自己的绵薄之力。2007年，杨超被推选为广东省侨联青年委员会委员，为侨联工作注入了新的活力。因成绩突出，2009年他又由中山大学侨联推荐，成功当选第九届广东省侨联委员、常委。2010年，他荣获“中国侨界（创新人才）贡献奖”，2013年荣获“全国归侨侨眷先进个人”称号。凭借在侨务工作上的优异成绩，杨超现在已是广东省侨联常委、广东省侨界青年联合会副秘书长和广东省侨界海归协会副会长。

多年来，杨超关心帮助老侨新侨，扶贫济困，为他们排忧解难；坚持带领侨联成员到广东省内的贫困偏远地区，为归侨侨眷义诊；并长年为海外侨胞开设疑难特诊，享誉侨界。杨超说，外祖父给了他爱国精神的熏陶，父亲要求他刻苦钻研国际最先进的医疗技术，侨联前辈和老领导对他的传帮带扶持，都让他决心不辱使命，以医者之心把爱侨护侨的事业做到最好。

第五章 中外桥梁

金风玉露一相逢，便胜却人间无数。如何让海外归国留学人员克服归国之初的“水土不服”，怎么让海归真正找到归属感？这正是谭滇湘、黄于于、郭志新、叶沛泉、蒋凡在做的。

汇聚三湘学子成立湖南海归协会

谭滇湘

谭滇湘，湖南长沙人，湖南海归协会会长、中国中投证券长沙营业部财富管理中心总经理。1999年前往英国留学，先后就读于利物浦约翰摩尔大学和曼彻斯特城市大学，2004年毕业，就职于英国汇丰银行。2005年回国，先后就职于美国的利萨特酒店管理有限公司、长沙运达喜来登酒店、长沙万达文华酒店名仕会等。2009年成立湖南海归协会，目前已有会员3600余人，会员企业300余家，同时成立了全国首个海归团体的党支部，组织评选年度湖南十大杰出青年海归人物，发起了全球华人华侨新侨组织爱国活动，汇聚了大量海内外各行各业的人才和精英。

花季少女漂洋过海为求知

谭滇湘是土生土长的长沙人。1999年，17岁的谭滇湘怀着对海外世界的向往，在家人的建议下，前往英国留学。

对谭滇湘来说，在英国的6年时光是美好的。到英国后，她接触的第一个城市是利物浦，这个位于英格兰西北默西赛德郡的港口城市，有着世界上最成功的足球俱乐部——利物浦足球俱乐部。受朋友影响，谭滇湘有时会跟他们一起看球，利物浦足球俱乐部的三连冠、18岁欧文一球成名的英格兰联赛杯，即使在多年以后，仍历历在目。

利物浦和曼彻斯特虽对足球有着不一般的狂热，但在教育上仍保持着英国特有的传统和严谨。刚到英国时，谭滇湘英语并不是很好，在学习、生活上难免有磕磕碰碰的时候，好在她性格开朗乐观，善于结交朋友，逐渐适应了在英国的学习和生活。同寝室的六个女生来自不同的国家，每到重要节日，她们就各自做一个自己国家的特色菜，然后大家一起分享。平时除了上课学习，谭滇湘也和其他留学生一样，到餐厅兼职当服务员，在街头发调查问卷等。

2004年，谭滇湘从曼彻斯特城市大学毕业，在经历了一番激烈角逐后，顺利进入当地的汇丰银行，成为一名客户服务人员。在汇丰银行工作的一年时间里，谭滇湘真实地体验到英国人真正的工作状态，这也是一段珍贵的经历。英国的工作环境简单，只要做好本职工作就可以，“在汇丰银行，9点上班，中午1小时吃午饭，下午5点下班，下班后我们会去happy hour，去做很多有意思的事情”。

一边是远离故土的工作与生活，一边是家人与朋友时刻传递来的国内情况，祖国日新月异的变化让谭滇湘的内心颇为触动。在重新定位自己的方向、认真思考未来的人生之路后，谭滇湘觉得，国内的高速发展能给她提供一个更好的发展环境，而她对祖国的繁荣发展也有着强烈的信心。一番深思熟虑后，2005年5月28日，谭滇湘收拾好行囊，搭上归国的航班，加入到海归的队伍中。

学成归来，为开创事业回家乡

留学英国的6年时光，对谭滇湘而言是一段值得永远珍藏的美好时光。回国后的她，带着她在欧洲特有的文化积淀，开始在全新的酒店行业里施展才华。

虽然有着海归的光环，但归国的工作没有一般人想的那么光鲜亮丽，工作环境也与英国大不相同。从2005年到2009年，谭滇湘一直在酒店行业努力耕耘，酒店经常会有大型的活动，每天工作12小时以上是家常便饭，但这并不是最困难的，最大的困难是来自身边同事的不理解和排挤。那时海归还比较少，刚开始时，身边的同事难以理解，认为她都当“海龟”了，怎么还和国内的“土鳖”抢饭碗？这让生性开朗乐观的谭滇湘倍感苦恼，但这一切并没有让她气馁，不管别人怎么想，谭滇湘依然认真做好每一件事，真诚对待每一个人，慢慢地，同事们都成了她的好朋友。

每个人对自己的职业生涯都会有一个大致的规划，自我意识强烈的谭滇湘更是如此。“当时觉得我是一个要自己创业的人，我的思维就是我要自己做老板，我要创业。”所以在酒店行业工作几年后，2009年，谭滇湘离开长沙运达喜来登酒店，加入立荣国际香港有限公司，担任市场销售总监一职。“在大的企业我只能了解一块，在小的企业有很多的机会去了解采购、财务、人力资源等方方面面的东西，所以我选择了去一个小的企业”，这一切都为后来的创业做准备。经过一年多的学习和沉淀，她开始尝试着自己创业。

满怀创业理想的谭滇湘，在职场中不断寻找、拼搏，从大酒店到小企业，从普通职员到企业高层，几番转变和沉淀之后，终于迎来了创业的契机。开始的时候她创办了一家教育公司，主要做留学及英语培训。创办教育公司的经历让她在团队管理方面积累了不少经验。追梦不止的谭滇湘，总是希望通过自身更多的努力，让工作和生活更美好。而她所做的这一切努力和尝试，都为后来海归协会的成立和运营打下了基础。

成立湖南海归协会，汇聚三湘学子

2009年，在与其他几个海归朋友聊天的过程中，谭滇湘发现大多数留学生回国后都有一个共同的感受：多年的海外生活让他们脱离了原有的朋友圈，出国前的朋友大多都有了自己的圈子，难以理解彼此的想法和思维模式，短时间内也难以融入新的社交圈，大多感到孤独和彷徨，缺乏归属感。缺乏归属感成了海归们共同的问题，为了解决这个问题，谭滇湘和两个朋友萌生了成立海归协会的念头。

很多人听到“海归”二字，常会自然地给他们贴上“富二代”“纨绔子弟”“啃老族”等标签，而谭滇湘希望改变这些看法，这也是湖南海归协会创立的初衷：“第一，我们希望回国的海归都能有自己的圈子，能够交到文化背景、经历相似的朋友。第二，由于我们是第三代新海归，承担了许多负面的舆论，也曾被说海归变成‘海带’，因此希望大家能团结在一起做一些事情，证明自己价值观的科学性，这是我们的初衷。”

2012年，谭滇湘被推选为湖南海归协会会长。湖南海归协会分为创业就业、文化交流和慈善公益三个板块进行运营。“三湘学子，四海归来，建归乡之协会，纳兴邦之贤士，聚精英之智慧，谋社会之福祉，促民间之繁荣。”自成立以来，湖南海归协会一直秉持“内引外联、牵线搭桥、促进交流”的服务宗旨，力争引导和搭建创新平台，为留学归国人员服务，营造一个更为符合他们个性与行为模式的创新型环境。

湖南海归协会每月都会不定期举办创业分享会、WORKSHOP企业问诊、共读社、游学团等活动，对海归创业的成功案例进行分享，或了解和解决海归接班人面临的企业转型困惑、海归创业者其他知识需求、核心团队成员面临的问题等等；为优秀会员制作人物专访，设立海归学习标杆；每周还有美食小分队、篮球俱乐部、足球俱乐部、城跑俱乐部、羽毛球俱乐部、高尔夫球俱乐部等会员兴趣小组活动；年度有“小爱工程”“拾起最美母亲河”等公益慈善类活动，也有多次交友主题派对及大型文娱体育活动、海归创新创业论坛等，为海归会员提供全方位的平台服务。

随着全国范围内留学归国人员的日益增长，湖南海归协会也迎来了它的高速发展期。截至2016年8月1日，湖南海归协会共有会员3600余人，会员企业300余家。2016年湖南海归协会成立了全国首个海归团体的党支部，参与第十四届中国国际人才交流大会，成功举办并评选了年度湖南“十大杰出青年海归人物”，接待了全国多个海归组织来湘行程，并组织发起了全球华人华侨新侨组织的爱国活动等，这些活动及协会核心成员也多次被湖南多家媒体报道。

随着每一次活动的成功开展及协会品牌影响力的持续扩大，湖南海归协会源源不断地汇聚着来自各行各业的人才和精英。在餐饮、酒店、房地产、金融、传媒、教育、IT、咨询、汽车、贸易、奢侈品、物流、医疗、能源、环保、化工、机械、农林水产、政府部门等行业中，都能找到湖南海归协会会员奋力创新、积极实干的身影。

建机制让海归真正留下来

黄于于

黄于于，英国卡迪夫大学国际运输专业硕士、清远市德晟公共资源管理有限公司董事长、清远市归国留学人员联谊会会长、政协第六届清远市委员会特聘委员、广东省侨界海外留学归国人员协会常务副会长、广东省海外留学青年联谊会副会长。2013年主导成立清远市归国留学人员联谊会，并任创会会长一职，协会积极为会员搭建交流平台。

学成归来，建设家乡

1983年，黄于于出生于广东清远。2006年7月，从广东商学院（现改名为广东财经大学）获得商务英语学位后，黄于于选择前往英国卡迪夫大学就读国际运输专业。卡迪夫大学是英国百年名校、世界百强名校，也是英国威尔士地区唯一的一所罗素集团成员大学，在英国官方发布的2014年英国大学科研实力REF排名中（Research Excellence Framework），卡迪夫大学位列全英第5位。2008年5月，黄于于取得卡迪夫大学硕士学位，考虑到国内会有更多的发展机会，硕士毕业后他选择回国发展。

在刚回国的几年里，黄于于先后在清远市公路勘察规划设计院、清远铜交易中心股份有限公司、清远华清再生资源投资开发有限公司等担任市场部经理和总经理助理等职位。2012年4月，黄于于进入清远市德晟投资集团有限公司，作为五位核心骨干之一，参与组建了目前清远市规模最大、实力最强的国有企业——清远市德晟投资集团有限公司（原清远市城市建设投资集团有限公司）。公司拥有资产60亿元，下属23个子公司，涉及科技、环保、水务、旅游、公共资源、广告等行业，有效推进了清远市实体性投融资主体建设，加快清远市城市建设投融资体制改革步伐，强化国有企业在城市建设中的投融资主体地位。

2013年10月，清远市德晟投资集团成立子公司——清远市德晟公共资源管理有限公司，黄于于出任董事长。德晟公共资源管理有限公司对整合清远市的城市公共资源、城市的自然资本及市政基础设施进行科学运营具有重要作用，能推动清远市实现城市公共资源运营市场化、业务多元化、管理科学化、效益最大化，提高城市建设、经营、管理和公共服务水平。

成立留联会，推动海归回清创业

2013年，距离黄于于学成归来已有五个年头。虽然自己在家乡站稳了脚跟，开创出一番天地，但这些并没有让他忘记自己刚回国时所遇到的“水土不服”等困难，黄于于觉得自己应该为和自己有着类似经历的海归后辈们做点什么。多年海外的留学经历，让海外归国留学人员具备了其他人才所缺乏的专业技能和国际视野，但归国初期的“水土不服”却常常打击着海归们，而成立清远市归国留学人员联谊会一直是黄于于所期望的。

2013年11月，清远市归国留学人员联谊会（简称“清远市留联会”）成立大会在清远国际会展中心举行。清远市领导和嘉宾出席大会，并选举产生了首届理事会成员，黄于于出任创会会长。黄于于在就职致辞中表示：海归力量是“中国力量”的重要组成部分，清远市留联会将努力打造优良平台，加大人才开发力度和深度，让海归真正留下来。广泛团结清远所有的归国留学人员，共同为清远的经济社会发展做贡献。

是的，让海归真正留下来，让他们在家乡找到归属感，在家乡找到施展拳脚的天地，他们的价值才能充分体现出来，才能真正为家乡的经济和社会发展贡献自己的力量，这是清远市留联会想做的，也是黄于于所期望的。在2013年清远市留联会成立之时，只有68名会员，如今会员已发展到两百多人，足迹遍布全球22个国家和地区。清远市留联会成立至今，积极为留学归国人员搭建交流平台，创建清远市归国留学人员创业园、组织会员每月定期走进大型企业开展访学活动，开展全市归国留学人员创业创新调查，以在电台推出留学人员访谈节目、制作出版清远市首本留学生刊物《留声》、推出海归人员微记录访谈节目《海归人》、安排会员参加各类组织、向各类人才组织推荐会员等方式助力会员在清远的创新创业工作。

不仅如此，为解决归国留学人员回清创业的难题，进一步促进人才的落户工作，黄于于带领清远市留联会与清远市政协、市委组织部、市委统战部、市人社局和和市侨联在2016年共进行了五场座谈会，就出台清远市留学人员创业创新政策、建立清远留学生创业园、建立金融服务平台等方面进行了深入探讨，并参与了《清远市引进国外人才智力行动计划》的起草工作。该计划已经在2016年8月通过了市委市政府的审议，并颁布实施。政策实施以后，将推动清远市归国留学人员就业创业工作的发展，助力清远市进一步做好“引进人才、留住人才、用好人才”的工作。

2016年5月，清远市留联会申报的“清远市留学人才帮扶基层回馈社会活动”成功列入国家“海外赤子为国服务行动计划项目”，并获得国家人社部15万元项目经费支持，成为清远市首个入选国家“赤子计划”的项目。2016年广东全省只有两个地级市成功申报了该项目，清远市就是其中之一，该活动通过组织留学人员直接进入贫困村，为当地群众提供各项服务，帮助当地群众解决问题和困难，推动当地经济社会的发展，达到发展生产、摆脱贫困的目的，推动清远市新农村建设。

为进一步吸引海外人才来清远创业，为归国留学人员在清远的创业落户工作提供配套支持，清远市留联会经过多次与相关部门的深入调研和分析后，决定联合清远市人社局共同成立清远市归国留学人员创业园。清远市归国留学人员创业园（简称“留创园”）将被打造成清远市首个省市共建的留学人员创业园。留创园已于2016年9月正式挂牌运营，现已有十名以上留学人员，共提出了2000平方米的创业办公需求，为留学人员创新创业、市场需求和社会资本实现有效对接。

清远市留联会以“清远市留学人员科技创新创业人才培训项目”和“清远市归国留学人员金翼211工程”分别申报广东省科技计划项目和清远市2016年起航计划，拟为清远市每年培训200名留学回国人才，每年解决留学回国人才100个重大经营问题；每年打造10个留学回国人才创业样板企业，与国内各地50个人才组织建立合作；每年11月份，举办一次清远留交会，申报广东省（国家）级留学回国人才培训基地。旨在更好地发挥归国留学人员的专长，使他们更好地融入清远市城市建设发展的工作中来。

万事开头难，创业更是一项艰难的工作，政府政策和相关组织的支持能有效帮助创业者起步，提高其创业成功率。黄于于在自身得到发展的同时，也看到越来越多的海归在家乡的建设中发挥自己的力量。

郭志新
中美创新医疗的推动者

郭志新，美国五大湖国际集团董事长、ProMedica大中国区总裁，曾任前国家副主席荣毅仁的英文秘书、美中工商联合会秘书长及副主席，参与过与美国前国务卿基辛格、英国前首相希斯、原大通银行董事长洛克菲勒等众多国际会谈的翻译工作。

推动国际商业文化交流

郭志新赴美留学之前，曾供职于中信集团，参与过众多国际会谈的翻译工作。旅居美国近30年，一直活跃在中美两国商界，为中美两国文化交流做出巨大贡献。

1988年，郭志新赴美留学，完成学业后，进入美国知名企业任职，先后担任过MCI通讯公司亚洲市场总经理、LCI通讯公司国际部总经理、英国电信（BT）中国区总裁等多家世界500强高管，管理过年销售额达数亿美元的销售团队。在这个过程中，郭志新在美国企业界建立了广泛的人脉资源。2002年，他联合美国CEO俱乐部创建中国CEO俱乐部，先后组织数百位中美CEO进行交流与商务互访活动，还为中国企业家引进了全球著名的乔治·华盛顿大学工商管理培训课程。他在中美商界及政界享有盛誉。

郭志新曾在享誉全球的管理培训公司Wilson Learning担任高级培训顾问，基于丰富的商业实践及培训经验，曾为微软、英特尔、三菱、惠普、阿里巴巴、太平洋保险、特变电工等著名企业提供过专业培训及商业解决方案。他专注于国际商业与文化交流、海外市场开拓及营销战略管理，著有《创投美利坚》《交道有方》《如何与老外做生意》等著作。仅在阿里巴巴就为其中国客户进行过近5万人次的品牌管理、海外市场拓展、销售等方面的指导与培训。

实现中国与世界医疗资源无缝对接

2014年，一次偶然的机会令郭志新感受到了中美医疗产业的巨大差距。他的一位老友身感不适，去国内某知名医院检查，却被告知要对身体上多个脏器进行手术。老友求助郭志新，希望美国的医院可以给出更好的治疗方案。几日后，美国医院给出了诊断：只需按时服药，注意饮食，3个月内可逐渐恢复健康。没想到中美两国对病症的诊断差异如此之大。郭志新开始将事业重心向医疗产业转移，希望通过引进美国先进的医疗管理标准和医疗技术，为国人健康提供更多选择。

经过近三年努力，郭志新先后创立了“美国五大湖海外医疗服务机构”和“美中创新医疗联盟”，合作成立“世界配对肾脏捐赠联盟”，引进了美国糖尿病、肝癌、脊柱等领域的先进治疗技术。计划与美国ProMedica医疗集团合作，在中国开展“智慧社区医疗中心”连锁项目。其中，美国五大湖海外医疗服务机构整合了北美最顶尖的医疗资源，以美国普惠（ProMedica）医疗集团为基地，直接与美国数十家医院共建医疗体系，为病患提供全面、可靠的出国看病、远程会诊、医疗旅游等海外医疗一站式服务，实现患者与世界顶级医疗机构和医学专家间的无缝链接，为患者提供最佳的个性化治疗方案。

作为杰出留美华人，多年来，郭志新始终致力于推进中美两国的跨文化交流和医疗产业合作发展，展现了一个华人虽身在海外，仍心系祖国，不遗余力为祖国发展贡献力量和智慧的拳拳之心。

开启中国学子走向世界学府之门

叶沛泉

叶沛泉，广东汇顺出国服务有限公司董事副总经理、东莞市景鸿出入境服务有限公司董事副总经理、东莞市侨联归国留学人员联谊会常务副会长、广东省侨界海外留学归国人员协会常务副会长、东莞电台特约节目嘉宾、广东省东莞市财政支出绩效评价评审专家、东莞市青年联合会第六届委员会委员、中国教育发展战略学会教育中介机构委员会理事。获《东莞日报》授予的“2011年度东莞出国移民杰出专家”称号。

铺就留学生出国之路

1978年出生的叶沛泉，是土生土长的东莞人。从广东商学院（现为广东财经大学）经济学本科毕业后，叶沛泉前往英国攻读旅游商业管理研究生课程，在完成了应用市场营销学、研究方法学、资源管理、运营决策分析、战略风险管理等一系列课程后，学有所成的他于2004年获得英国伯明翰大学颁发的文学硕士学位（Master of Art in Tourism Business Administration）。

英国留学经历，对叶沛泉的人生起到了重要的作用，让他明白留学对于国家以及留学生本身的意义。“留学生对于中国的过去、现在以及未来，都有非常重要的意义。走出国门的人们，能够浸泡在当地的文化、思维、学识中，能够吸取这些东西，培养出一种创造性思维，更能获得独立精神，自由意志。”因此，他希望能以过来人的心态和经历，为打算出国留学的莘莘学子出谋划策。

2004年，硕士毕业后的叶沛泉选择回到自己的家乡东莞，并以留学顾问的身份进入东莞景鸿，正式投身于出国留学行业。景鸿留学，是1998年在东莞成立的留学顾问公司，经过近20年的发展，先后获得东莞优秀留学服务机构、最权威出国留学品牌机构、东莞年度最具口碑出国留学教育品牌等奖项。但更重要的是，景鸿留学已经让数千名学生获得了包括剑桥大学、牛津大学、哥伦比亚大学、新加坡国立大学、悉尼大学、墨尔本大学、香港科技大学、奥克兰大学、多伦多大学等多所国际高级学府的求学机会。

归国以来12年间，叶沛泉先后在东莞市景鸿出国留学服务有限公司、东莞市景鸿出入境服务有限公司、东莞市景鸿投资有限公司，以及广东汇顺出国服务有限公司任顾问、高级顾问、副总经理、董事副总经理等职务。12年来，他一直专注于移民、留学、海外投资以及出国服务等领域，凭借其所了解的各国移民、留学政策，掌握的留学、移民最新消息，在海外求学路上的所学所得，对市场推广、资源对接等多方面的深入学习与了解，叶沛泉设身处地为东莞有意出国的人员提供专业的建议，制定合适的方案。

建立归国人员交流纽带

从当年留学归来，再一步步走到今天，对于如今新形势下的海归创新创业，叶沛泉自然也是深有体会和感悟："在新的形势下，党和政府对留学归国人员高度关注，对海归人员报国事业大力支持。海归人员对于中国经济社会发展一直密切关注并充满热情，特别是在当前'大众创业、万众创新'的氛围下，海归人员更是迎来了一个前所未有的机遇。国家一系列关于鼓励海归创业的政策，以及各地为吸引海归人员前往创业所制定的关于安家、启动资金等多方面的优惠政策，都大大地鼓励了新一代海归回国创业的热情。"

虽然，摆在广大留学人员面前的是国内市场前所未有的广阔机遇，但对于留学人员归来后需要面对的问题，叶沛泉还是诚恳地提出了自己的深

入见解 :“不可否认的是，无论是创业还是就业，海归回国都面临着对国内环境不熟悉、对优惠政策不够了解等问题。当前中国正处于高速发展的时期，市场环境、行业走向等每天都在变化，即使是短期留学归国的海归，也会出现无法适应新环境的情况。同时，对于海归创业的优惠政策，各地区在发展领域、企业规模等方面都有着各自不同的要求，在申请享受相关政策的流程上，各地区也有不同的规定。对于专注事业发展的海归来说，如何理解并判断是否符合要求，并在众多提供优惠的地区中选择一个落户，这是一个不小的难题。”

正如当初选择回东莞发展，也是源于叶沛泉认为自己的留学经历很有东莞特色。他认为，东莞有一个独特现象，就是老板很多，而且许多人都是从贫穷一代走过来的。因此，作为父母他们不希望孩子受苦，渴望给孩子最好的生活环境。基于这种情况，很多孩子都是被保护着长大，不懂独立生存之道。父母送孩子出国，大多是为了让孩子出去锻炼，学习独立，学习生活。遥想自己当年飞赴万里之外的英国，对于自小被家长保护得很好、欠缺独立能力的他来说，是一个很大的挑战。然而，叶沛泉坦言这也是一次很好的磨炼。正是因为出生在东莞，以及自己的留学经历，叶沛泉更懂得东莞当地客户在留学、出国问题上会出现的担心，以及需要的支持和帮助，从而更好地为客户制定最符合他们需求的方案。

对于留学归国人员，国内给予的扶持政策和帮助无疑令他们更有信心回到祖国怀抱，在谈到扶持帮助留学归国人员的国内政策上，作为广东省侨界海外留学归国人员协会常务副会长、东莞市侨联归国留学人员联谊会常务副会长的叶沛泉谈道：“现阶段，海归创业者需要国家在市场开拓、金融服务、政府优惠政策落实等方面提供帮助。国内对于创新创业的政策，能帮助广大海归实现其回国创新创业的梦想，但是，海归们往往不知道如何更好地了解并运用国家、省、市各级政府给予海归创新创业的支持政策。因此，在全国各地建立起来的留学人员组织，将会成为政府和海归之间的纽带，成为海归交流以及发展的大平台，成为海归实现回国创新创业梦想的辅助力量。”

面对中国市场的飞速发展，景鸿也在这条为大家谋求出国之路的道路上，经历过艰难险阻。虽然移民市场曾在2014年遭受到很大冲击，但公司还是继续在扩展，并将一步步稳妥地走下去。展望未来，叶沛泉希望继续提升公司的专业度，为客户提供更优质的服务，带动出国行业的健康发展，进而为整个行业、整个领域的发展献出自己的一份力量。

Certificate of Registration
Certificate of Registration of Business Name
Certificate of Registration of Business Name
Statement of Representation
TAFE
Australia China Culture & Education Exchange Centre Pty Ltd

搭建中澳文化桥梁

蒋 凡

蒋凡，教育学博士、澳大利亚太平绅士。1990年旅居澳大利亚，现为澳中文化交流中心董事长、澳大利亚蒋氏集团股份有限公司主席、澳华科技协会董事会副主席、澳大利亚哥伦比亚学院院长、澳中友好协会理事长。多年来通过澳中文化教育交流中心搭建中澳友好桥梁，努力推动中澳两国文化、教育、科技、经济多方面的交流，深受两国政府赞扬。1996年获澳大利亚政府授予的“太平绅士”称号，并多次受到习近平主席等国家领导人的亲切接见。

学无止境

蒋凡，祖籍浙江宁波，出生于上海。作为革命烈士后代，蒋凡受家庭熏陶，自幼向往成为军人那样顶天立地的男子汉。1970年初中毕业后，年仅14岁的蒋凡应征入伍，成为一名军人。八年军旅生活，不仅锻炼了蒋凡强壮的体魄，也培养了他坚韧不拔的毅力，使他终身受益。在军营中的日子，虽然能学习到很多军事文化方面的知识，但仍无法满足蒋凡对知识的渴望，离开学校多年，蒋凡对知识的渴望日益强烈。

1978年，蒋凡结束了军旅生活，转业进入上海一家食品厂担任团委书记，后调到食品厂附属的职工学校当副校长。时隔多年，再次踏进校门，蒋凡的角色已从学生转换为领导，但这在蒋凡看来，仍是一个绝佳的学习机会。经过三年的学习，蒋凡将课本上的知识一点一滴地补起来，于1983年考入上海电视大学党政管理干部专业。时隔多年，蒋凡仍觉得在电大的学习经验影响了他的一生：“没有电大就不可能有我后面的继续学习，恩师的帮助与提携都为我日后发展打下坚实的地基。”

在电大的几年时光，仿佛为蒋凡开启了一扇窗，在缓解蒋凡对知识渴望的同时，也让他看到知识海洋的波澜壮阔。1986年从上海电大毕业后，蒋凡紧接着考入华东师范大学政教系，孜孜不倦地汲取各种知识。

在那几年里，书本上的知识给蒋凡带来了巨大的满足，然而在学习大量知识之后，难免会有“纸上得来终觉浅”的感慨，毕竟社会实践才是人生最大的课堂。1990年，抱着对更广阔世界的期待，蒋凡加入到出国队伍中，前往澳大利亚创业。

刚到墨尔本时，蒋凡和大多数刚出国留学的学生一样，对眼前的新世界，既兴奋又迷茫。为了维持生计，蒋凡刷过盘子，当过清洁工，做过工厂流水线工人。然而对当时的蒋凡来说，最大的压力并非来自物质，而是精神上的种种压力。陌生的国度、巨大的文化差异让蒋凡有与世隔绝的空虚感和失落感，看不到未来的恐惧更是时刻困扰着他。“感受最明显的是文化沟通的障碍，虽然会英语但最终还是‘鸡同鸭讲’，原因就是对各自的文化都不了解。”蒋凡也曾感觉自己处于崩溃边缘，想要放弃，但早年的军旅生活塑造了蒋凡的坚毅个性，从不允许自己轻言放弃。带着一种“置之死地而后生”的态度，蒋凡决定改变这种被动状态，主动去了解当地文化，融入当地生活。工作之余，他总是带着公交卡到处看看，进图书馆借阅图书，深入了解澳大利亚当地的风土人情，希望能够尽快跨过这道“坎”。

无论是在国内半工半读的时光，还是刚到澳大利亚的苦涩日子，蒋凡对知识的

热情不曾消减，始终坚持着学习，即使后来创业，功成名就，学习始终是他生活中的重要组成部分。

成立澳中文化教育交流中心，挺直华人脊梁

到澳大利亚五个月后，正当蒋凡在为丢了一份刷盘子的工作而懊恼时，《澳洲日报》的聘用通知悄然而至。如同当年上海电大的录取通知书，这份聘用通知成为蒋凡的另一个人生重要转折点，他收拾行囊，飞往悉尼，成了一名《澳洲日报》的记者，开始了一段新的旅程。出于工作需要，蒋凡经常要去采访澳大利亚的成功人士，这不仅大大开阔了他的视野，也为他的进一步发展带来了契机。

在一次采访中，蒋凡接触到当时澳洲的宝石大王，两人十分投缘。在宝石大王的帮助下，蒋凡开始接触宝石行业，开了一家做宝石买卖的小公司。1990年12月，澳洲蒋氏集团股份有限公司诞生，蒋凡开始一边工作，一边创业。1995年，公司发展稳定，蒋凡结束了记者工作，专心经营自己的公司。

除了经营宝石，蒋凡还在1990年成立了澳中文化交流中心。澳中文化交流中心是一家经澳大利亚政府批准注册，专门从事澳大利亚和中国两国文化及教育合作交流的综合性服务机构，是中国国家外国专家局认定的境外培训渠道和教科文卫专家组织，也是上海市人力资源与社会保障局授权的“上海国际人才交流协会驻澳大利亚悉尼联络处”。

20多年来，澳中文化教育交流中心积极开展澳中两国文化教育交流活动，开发执行完成符合两国共同利益的合作项目。澳中文化教育交流中心专业组织、策划、安排、管理中国高级政府代表团赴澳大利亚和新西兰参

加各种专业培训课程，为澳大利亚和中国两国专家互相交流提供优质服务。

如今，蒋凡除了发展蒋氏集团股份有限公司、澳中文化教育交流中心外，还购买了私立哥伦比亚学院，为母校上海电大开办悉尼分校，给学子们提供一个到海外学习的机会，将丰富的国际教育资源提供给母校。蒋凡在促进澳中文化教育交流方面做出了令人瞩目的成就，受到澳大利亚主流社会的高度评价，澳大利亚政府为了表彰他为民族社区以及主流社会做出的贡献，授予了蒋凡“太平绅士”的称号。鉴于澳中文化教育交流中心对社会所做出的杰出贡献，蒋凡被澳大利亚新南威尔士州教育部誉为“澳中文化教育交流的桥梁”。

对于文化交流的重要性，旅澳多年的蒋凡有着深刻的体会，“华人挺直脊梁，在世界各地都能赢得尊重。受人尊重的不仅是物质财富，更是华人背后的中华文化”。

后记

本书是为迎接“2016中国海外人才交流大会暨第18届中国留学人员广州科技交流会”的隆重召开而特别策划编辑的。“国以才兴，政以才治”，在经济全球化时代，人才至关重要，而中国海归正以其良好的教育背景和开阔的国际视野，成为中国人才的资源宝库。其中，“侨界海归”是我国经济建设中一支不可忽视的重要力量，为我国社会经济发展和社会进步做出了巨大贡献。为真实反映中国“侨界海归”的情况，我们特别收集、整理并撰写了《中国海归•侨界篇》一书，以期能对当代中国“侨界海归”的创业与发展起到推动和促进作用。

在选取侨界海归人员的过程中，编委会经过反复研究，终因篇幅、资料搜集等各种原因所限，只收集了数十名较有影响力的侨界海归人员，无法面面俱到。为使本书更加生动、可读性更强，在编辑过程中我们选取了部分侨界海归人员的照片作为配图，如有涉及版权问题，请与我们联系。因编写时间和能力有限，本书尚存不足之处，欢迎广大读者、专家学者和侨界海归同仁予以指正。

在本书的编写过程中，广东省侨界海外留学归国人员协会、广州市人力资源和社会保障局都对本书资料搜集、有关人物采访等方面提供了具体的指导和帮助，在此一并致谢。本书能及时出版，也要感谢广东人民出版社领导予以的高度重视。

借此机会，向多年来在各行各业奋斗的侨界海归致以崇高的敬意。

编者

2016年11月5日

广东省侨界海外留学归国人员协会

(Guangdong Overseas Chinese Returnees Association)

GDOCRA

广东省侨界海外留学归国人员协会（简称GDOCRA）是由海外人才、海归人才、海内外知名侨界人士、从事海内外科技文化交流合作的机构及个人自愿组成，具有独立法人资格的非营利性社会团体，是广东省侨联的团体会员，是搭建海内外人才及科技交流合作的平台，是为各地政府引才引智的桥梁和纽带。

扫一扫 了解更多

地址 ：广州市天河区体育东路140号南方证券大厦六楼609室
电话 ：020-38878489 ；
传真 ：020-38878489 ；
邮箱 ：gdsqjhgxh163.com

广东传盛文化传媒股份有限公司
傳盛文化
行遍天下
中国少儿小金钟音乐大赛
唐人街
东莞消防
公司简介
广东传盛文化传媒股份有限公司，注册资金1000万，主营图书出版、文化产品个性化定制、网络平台投资运营、组织策划大型文化活动、艺术品交易、字画修复装裱等业务。
公司愿景
成为中国有影响力的文化产业集团
公司文化理念
为客户创造价值
为股东赢得利益
为社会传播正能量
微信公众号
电话：020-37634112
网址：www.cswhcm.cn